KB164877

너를 버리자 내가 돌아왔다

황금알 시인선 214

# 너를 버리자 내가 돌아왔다

초판발행일 | 2020년 6월 30일

지은이 | 김시탁 · 김일태 · 민창홍 · 성선경 · 이강휘 · 이기영 · 이서린 · 이월춘 · 이달균
펴낸곳 | 도서출판 황금알
펴낸이 | 金永馥
선정위원 | 김영승 · 마종기 · 유안진 · 이수익
주간 | 김영탁
편집실장 | 조경숙
표지디자인 | 칼라박스
주소 | 03088 서울시 종로구 이화장2길 29-3, 104호(동숭동)
전화 | 02)2275-9171
팩스 | 02)2275-9172
이메일 | tibet21@hanmail.net
홈페이지 | http://goldegg21.com
출판등록 | 2003년 03월 26일(제300-2003-230호)

ⓒ2020 김시탁 · 김일태 · 민창홍 · 성선경 · 이강휘 · 이기영 · 이서린 · 이월춘 · 이달균
& Gold Egg Publishing Company Printed in Korea

값은 뒤표지에 있습니다.

ISBN 979-11-89205-68-3-03810

*이 도서의 국립중앙도서관 출판예정도서목록(CIP)은 서지정보유통지원시스템 홈페이지
 (http://seoji.nl.go.kr)와 국가자료종합목록 구축시스템(http://kolis-net.nl.go.kr)에
 서 이용하실 수 있습니다. (CIP제어번호 : CIP2020025022)

# 너를 버리자 내가 돌아왔다

시문학연구회 하로동선夏爐冬扇 시집 5

황금알

〈코로나 19〉로 음울한 시대를 건너가고 있는 중이다.

시를 쓴다는 것은 사람과 사람 사이의 거리를 메우는 작업일진데

지금의 현실은 〈거리두기〉 운동이 한창이다.

이 역설적인 현상을 우리는 어떻게 규정할 것인가?

이 새로운 상황에서 우리는 어떻게 대처하고

어떻게 나아갈 것인가?

새로운 생각이 필요하고

새로운 태도가 요구된다.

제5집부터 이강휘 시인이 함께한다.

젊은 시인의 동참이 새로운 힘이 될 것이다.

시문학연구회 하로동선夏爐冬扇 일동

# 차 례

## 김시탁

가로수 죽이기 2 · 12
모과나무 분재 · 14
반납 · 16
시집보냈습니다 · 18
작업실 그녀 · 19
잘 살아줘서 슬프다 · 20
축제 · 21
코로나 19 · 22
혼자 견디기 · 23
혼자 견디기 2 · 24

## 김일태

압력밥솥 · 26
동지冬至, 동지同志 · 27
그늘에게 · 28
주름에 관한 상상 · 29
손 흔들지 마라 · 30
내가 돌아왔다 · 31
별 보러 나갔다가 별을 보았다 · 32
죽은 것들은 조용하고 착하다 · 34
모서리에 부딪히다 · 36
킬리만자로를 그리다 · 38

## 민창홍

잔치국수 · 40

천왕봉에 오르며 · 42

홍매화 · 44

나비 · 45

달고나 · 46

벌목장 · 47

미세먼지 · 48

밤바다 · 50

두현각 · 52

봄볕 · 54

## 성선경

저 눈 먼 아침, 잡아라 · 56

아이고, 닭 잡아라 · 58

아내는 헤이즐넛을 마시고 · 59

소주에 대하여 · 60

자작自酌 · 61

월명月明 · 62

녹우綠雨 · 64

쑥부쟁이 · 66

소소헌笑笑軒에서 · 68

낮달 · 70

## 이강휘

설거지 · 72
같잖음 · 73
놀이터에서 · 74
풋크림을 바르며 · 75
연수練修 · 76
책팔이 · 77
나이 드는 게 무서운 이유 · 78
개구리 씨의 수업 · 80
사랑시 · 82
직업병 · 83


## 이기영

나는 모든 1인분이다 · 86
환상지 증후군 · 88
성산패총 ― 봉쇄사원 · 89
이팝꽃 · 90
점占 · 91
백일홍 · 92
아버지의 북새 · 94
맹목적 탐색 · 96
글루미 선데이Gloomy Sunday · 98
판화 834 ― 파인텍 고공농성이 끝난 날 · 100

## 이서린

불면의 밤에는, 애인아 · 102

오월 편지 · 104

목욕탕과 눈사람 · 106

그 남자 · 108

소사동 팽나무 — 겨울 · 110

거룩한 계보 · 111

잠깐이라는 말 · 112

저, 새 · 113

저녁이 오는 창 · 114

폭풍주의보 — 2월 19일 그의 선택 · 116

## 이월춘

내 안에 속물이 산다 · 120

맑고 각별한 가난 · 121

무지개불춤 · 122

질경이꽃 · 123

가을 지리산智異山 · 124

웅어회무침 · 126

화엄경 담다 · 127

나팔꽃이 필 때까지 · 128

놋그릇 · 129

맴맴 · 130

■ 해설 | 이달균

『하로동선』의 여름, 거울을 놓고 문답해야 할 시점 · 132

# 김시탁

경북 봉화 출생
2001년 『문학마을』로 등단
시집 『아름다운 상처』『봄의 혈액형은 B형이다』
『술 취한 바람을 보았다』『어제에게 미안하다』
창원시 문화상 수상
경남 올해의 젊은 작가상 수상
창원문인협회회장, 창원예술문화단체총연합회회장 역임
경남시인협회부회장
가락문학회회장

# 가로수 죽이기 2

대패삼겹살집 간판을 가리는
무성한 잎을 매단 가로수
그 혈관으로 기름이 흐른다
휘발유가 흐른다

뿌리를 통해 몸속으로 들어간다
기계가 빡빡할 때 기름을 치는데
저 나무는 기계도 아닌데
기름을 먹인다

대패삼겹살집주인 박 씨가
밤중에 땅을 파서 뿌리를 잘랐다
그 뿌리를 휘발유 통에 담갔으니
나무는 날마다 기름을 먹는 것이다

몸 안에 기름이 찬 나무는
뿌리채 서서히 죽어갔다
공공근로 요원이 나무를 잘랐다
기름기도 없이 뼈만 앙상하다

대패삼겹살집주인 박 씨
불판 위의 고기 굽는다
지글지글 익은 고기를 먹는 사람들
얼굴에도 기름기가 번지르하다

# 모과나무 분재

지인이 선물로 놓고 간 모과나무 분재
수령이 십 년은 되었다며 모과도 달렸네요
베란다에 내다 물 주고 잠들었습니다

밤중에 누가 부르는 소리에 깨어보니
베란다 모과나무 허리 아프다고
팔다리가 저리다고 철사를 풀어달랍니다.

온몸에 칭칭 감긴 철사를 풀면서 보니
긁히고 뒤틀리고 잘려 온통 상처투성이
제 몸으로 다른 몸을 만드는 분재 나무

날아 밝자마자 정원으로 옮겨 심는데
모과 하나 툭 떨구네요
얼마나 아팠으면 고통도 굳어져서
눈물도 덩어리로 떨구네요

아 그때 알았습니다
세상에 가장 고통스러움을 표현하는 것은

어떤 말이 아니라 그냥 툭
덩어리 채 떨어지는 눈물이라는 걸

# 반납

가려운 등으로 가는 손이 멀다
등줄기 깊은 곳으로 미치지 못한다
내 몸에 내 손이 닿지 않는 모서리
먼지 앉는 구석이 있는 것이다

아내의 손을 빌려보지만 답답하다
내 몸에 내 손이 닿지 않아
다른 사람의 손을 빌리지 않고는
가려움 하나 해소하지 못한다

낡은 고무호수 같은 혈관이 막혀
팔다리가 저려오고 관절마다 소리가 난다
황소바람이 뼛속으로도 길을 내니
비로소 반납해야 할 삶을 생각한다

솜털 같던 생을 잘 살고
누더기 같은 생으로 갚겠구나
더러는 헤프게 가끔은 모자라게
이자도 없이 독촉도 없이 잘 썼다

가려운 아내의 등을 긁어주고 나와
담장 모서리에 등을 문질렀다
견고한 담장을 비비는 헐거운 생은
참 시원한데 서산 노을이 너무 붉다

# 시집보냈습니다

시집보내지 않겠다는 시를 쓰고 나서
시집을 보내지는 않았는데
딸이 시집을 가겠다고 수숫대처럼 비쩍 마른
사내 하나를 데리고 왔습니다.
아내는 배추 전을 부친다고 분주하고
나는 배추 뽑은 밭에 물을 줍니다
흙이 파헤쳐진 상처에 사정없이
물 조리로 물을 뿌립니다
흙물이 옷에 튀었습니다
수숫대처럼 비쩍 마른 사내 같은 바람이
덜컥 멱살을 잡습니다
시집보내지 않겠다고 시를 쓰고 나서
한 번도 시집을 보내지 않았는데
딸을 시집보냈습니다
보낸 것들의 안부가 궁금해
다시 시를 씁니다
아무래도 시집을 다시 보낼 것 같습니다

# 작업실 그녀

작업실에서 그림 그리는 그녀
작업해요 작업하고 있어요
전화하면 그렇게 말하는 그녀
그럴 때마다 그녀와 작업하고 싶어
물감을 바르듯 그녀를 바르고 싶어
아 그녀, 작업실 그녀
작업실에서 작업하는 그녀
작업 중이에요 지금 작업 중이에요
그렇게 말하는 그녀
나는 그녀와 작업하고 싶어
물감을 짜듯 그녀를 듬뿍 짜서
두텁게 덧칠하고 싶어
배경처럼 그녀를 걸어 놓고
그녀를 작업하고 싶어
아직 다 끝나지 않았어요
아직 작업 중이에요
그녀의 작업이 끝나기 전에
그녀의 작업실 문을 열고 싶어
그녀를 벌컥 열고 싶어

# 잘 살아줘서 슬프다

악보 같은 비가 내리고
팔분음표 같은 바람이 불고
탱자나무 가시에 앉은 마음이
쭉 찢어지던 날 그날 태양은
무슨 수작을 부렸을까.

썩은 송곳니 같은 오후 네 시를
쑥 뽑아 버린 날은 온종일
참 관절이 저리겠다
내일은 오늘의 미래라서 슬프지만
여자는 남자의 과거에서 대부분 잘 산다

잘 살아줘서 슬프다

# 축제

축제를 위한 축제가 한창이다

두부김치 막걸리 국밥
그 남자와 저 여자
모두 한통속이다

행사장 둑길 미루나무 꼭대기에 앉은
까치 한 마리 아 아 아
마이크 실험 중이다

망사스타킹 신은 햇살
이글이글 바비큐 숯불에 타 죽고
살찐 허벅지들 분주하다

# 코로나 19

너무 활짝 피어 미안한 벚꽃
거친 바람의 겁탈로
집단으로 낙하한다

감자 씨를 묻고
채마밭에 물주며 생각하니
아무래도 이 봄은 민폐다

와서 미안하고 우울한 계절
우리도 만나지 말자
대문을 걸고 끊은 담배나 피자

감자는 싹 트고 나무는 잎 매달겠지만
그래도 여자야 마스크 쓴 입으로 제발
사랑한다 하지 마라

# 혼자 견디기

우중충한 하늘을 죽 잡아당겨
락스에 담근 걸레로 벅벅
문질러 닦고 싶은 날들이 있다

축축한 생각을 세탁기에 넣고
탈수기로 탈탈 털어
땡볕에 말리고 싶을 때가 있다

시간은 날카롭고 생각은 뾰족해서
사람을 자꾸 찌르고 상처 주니
모로 누워도 밤은 참 혼탁하다

# 혼자 견디기 2

올봄엔 꽃도 빨리 졌으면 좋겠다
실개천도 그냥 말라 죽어 있고
바람도 미루나무 가지에 목매달아라

땅거미 지면 개도 짖지 말고
궁금한 안부도 지워버린 기억도
더듬거리지 말고 술이나 먹자

올봄엔 전화도 하지 말자
생각을 데워서 열도 내지 말고
시간을 반듯하게 다리 지도 말자

잠 안 온다고 시비 걸지 말고
발톱도 깎지 마라
밤중에 일어나도 절대 창을 열지 말자

# 김일태

1998년 『시와시학』 등단

시집 『부처고기』 외 7권

시와시학젊은시인상, 김달진창원문학상, 하동문학상,

경남시학작가상, 창원시문화상, 경상남도문화상,

산해원불교문화상 등 수상

현)이원수문학관 관장, 경남문협 창원예총, 창원문협 고문

# 압력밥솥


고요하고 쓸쓸한 시간을 건너기에는
무념무상 무문관*이 최상의 수련이다

갈등과 분노를 넘어 견성의 경지에서
마침내 사자후를 터트리기까지
용맹정진이다

제각각 따로 인 것들
보리심으로 품어
고소하고 차진 하루 치 안식 지어내는
저 하화중생의 공력


* 무문관無門關: 두 평 남짓 독방 문을 자물쇠로 채우고 하루 한 끼만의
  공양으로 한 계절 또는 몇 년에 걸쳐 정진하는 불교의 독특한 수행법.


26

# 동지冬至, 동지同志

동지쯤이었던가
밝음은 짧고 어둠은 까마득하던 그때
동지로 곁에 와서
내 안의 석등이 되어
삼동의 절망과 희망을 까무락 까무락
하, 서른일곱 번이나 달고 짜게 건너와서
다시 한번 맞이하는 삼동의 들머리
이제는 떨 일도 없는데
큰 목소리로 불러야 들릴 만치
사는 맛이 거세진 그대여
무뎌져 가고 있다는 것은
실은 서로 외롭다는 몸짓 아니겠는가?
신이 등 쪽에 가려워도 손이 닿지 않는 곳 두었듯이
사랑을 위해
제 마음으로 달랠 수 없는 빈 데를 두었다는 것
서로 마음 빌려야 메꿀 수 있는 데가 있다는 것
그것은 축복이 아니겠는가?
아직 팔베개가 부끄러워 손 사례치는 그대여

# 그늘에게

가진 것 없다 기죽거나
밟더라도 움츠리지 마라
기댈 것 없는 이들에겐 그림자가 지팡이다
이 세상에 빛없는 어둠은 있어도
어둠 없는 빛은 없다
어둠은 빛의 빚이다
세상에 쓸모 있는 건 대개
살짝 구부려져 있지 않더냐
잊지 마라, 을乙들아
*음지를 말하는 이만이 진실을 말하는 자이니
네가 모든 이름 도드라지게 하고
어둠 쓸어안아
모든 밝음 완성해낸다는 것을


* 루마니아 태생 독일 시인 파울 첼란의 말을 빌려옴

# 주름에 관한 상상

속을 비운 것들은 나이테가 없다
지나온 저를 기록하고 싶지 않다고
나이는 결코 자랑할 것이 못 된다고
지운 탓이다

살다 보면
옳다고 잘했다고 동그라미 쳐줄 수 있는 때
과연 몇 번이나 되랴

속을 비운 것들은 나이테 대신
역정을 돋을새김한다
주름이라는
명징한 겉장부에

# 손 흔들지 마라

가을잎 향해
쓸쓸하게 손 흔들지 마라

대지의 부름 받들어
안식을 채비하는 중이다

낯설지 않게
안길 품의 빛깔로 치장을 하는 것이다

몸을 가벼이 하여
공손하게
적멸을 예비하는 것이다

# 내가 돌아왔다

네게 쏠려있던 눈 귀를 돌리자
밖에서 머뭇거리던 내가
안으로 들어왔다

귀가 어두워지고 눈이 침침해진다는 건
안이 밝아진다는 것

너를 버리자
내가 돌아왔다

# 별 보러 나갔다가 별을 보았다

각진 데는 액운이 깃든다고
각이 없어야 서로 다투지 않는다고
구석 없이 둥글게 살아가는 사람들이 지은
섬 같은 게르에 누워
방안을 울타리 짓고 있는 X 문양을 보며
나를 싸고 있는 삶의 가위표를 세다가
새벽녘 슬그머니 *별 볼 일로 밖을 나가
불빛으로 멀어졌던 참별들이
평원으로 몰려 펼치는 하늘길을 보았다

소원을 들어준다는 별똥별은 자꾸 내게 닿기 전에 소
멸하고
수많은 길이 환청처럼 일렁거려
찾을 수 없는 나의 길

순백의 별 본 자리는 별 진 흔적처럼 패이고
하늘의 빛과 땅의 빛은 끝내 서로 화해할 수 없어
두 손으로 받들 수 있는 유일한 것이
소망뿐임을 알 무렵

32

게르 지붕 위로 오르는 연기처럼
가늘게 까무락거리는
나의 기도

* 평원의 몽골인들은 남자들 대소변 보는 일을 두고 '별 보러 간다.'라고
  한다.

# 죽은 것들은 조용하고 착하다

누군가의 그리움으로 남을 수 있다면
폐허가 된 무르갑 고성인들, 아니
그 곁의 바위굴 무덤인들 어떠랴

강가의 깎아지른 절벽에
절체절명으로 배수진 치고
바람 한 점 비집고 들 틈 없이
수천만 개의 돌 쌓기까지
수천만 번의 손길만 갔으랴

두려움 끝에서 이리떼 같은 적 물리치던
3천 년 전의 지혜와 용맹은
산으로 들로 야생이 되어 자갈처럼 흩어지고
하나의 몸통이던 성도 둘로 나뉘어
계곡을 짓고 있는데

파미르의 따가운 햇볕 묵묵히 밟으며
 성 자락에 일구어놓은 엉성한 밀밭 지나는 검은 소 떼
처럼

젖지 않는 슬픔만 조용하고 착하게 스치는
무르갑 사랑


* 무르갑: 파미르고원 3650m에 위치한 타지키스탄의 고대도시.

# 모서리에 부딪히다

화장실 가다 침대 모서리에 정강이가 부딪혔다
누구를 타박할 수도 없어 혼자 투덜거렸다
나이가 들어가면서 자주 부딪히는 게
익숙한 책상이나 식탁뿐만 아니다
일상의 각진 데에도 쉬이 부딪히며 잔소리 또한 많아
진다
인지능력이 떨어지고 건망증이 심해져 가는 과정이라고
아내는 학술적으로 얘기하지만
나는 섣부른 예단 때문이라고 여긴다
촉각이 뾰족할 때는 그런 일 없다가 두루뭉술해져 가
면서
왜 자주 익숙한 것들의 모서리에 부딪히게 되는지
각진 데에 찔리고 부딪히면서 지금껏 둥글어져 왔는데
아직 나의 모서리는 더 닳아야 하는지
지켜내야 할 것 많아 더 각을 세워야 하는지
이제는 더 휘어지거나 펴질 것 같지 않은
생의 변곡점에서
자꾸 각진 데에 부딪히다가 잘못되어 깨지는 건 아닌지
걱정에 날개를 다는데

*피할 수 없는 고통을 통해 우리는 자각에 도달하게
된다고
   정강이 통증이 번개처럼 내 몸을 흔들다 간다



   * 독일의 철학자 칼 야스피스의 글에서 차용

# 킬리만자로를 그리다

아루사 시내에서 베낀 킬리만자로는
아프리카 슬픈 역사를 짊어지고 초원을 건너는
다리 긴 외봉 낙타였다
산허리 호롬보 산장에서 베낀 킬리만자로는
한가로이 풀을 뜯는 쌍뿔 코뿔소였다
생명한계선을 밟고 베낀 킬리만자로는
만삭의 몸으로 땅의 소리 짚고 가는 야크였다
산정 우후루피크의 턱 키보 산장에 들어서는
쉬이 그려지지 않아
처음으로 킬리만자로에게 물었다
안 보고도 그리는 세상인데
왜 보고도 잘 그려지지 않느냐고
생과 몰의 한가운데 솟은 우후루피크가 말했다
그 이유로 소설 속 표범처럼 누워 있다고

민창홍

1960년 충남 공주 출생
1998년 계간 『시의나라』와 2012년 『문학청춘』으로 등단
시집 『금강을 꿈꾸며』 『닭과 코스모스』 『캥거루 백을 멘 남자』
서사시집 『마산성요셉성당』
제4회 경남 올해의 젊은 작가상 수상
2015 세종도서 나눔 우수도서 선정
문학청춘작가회 회장. 마산문인협회 부회장

# 잔치국수

　회갑이라고 아들이 사 준 그랜저, 크고 고급스러움에
익숙하지 않아 17평 아파트에서 32평 아파트로 이사 오
던 날처럼 설레기만 한다 차 문을 열고 닫고 타고 내리
기를 반복하고 앞뒤의 반짝반짝한 광택에 얼굴을 들여
다본다 천상 촌놈 면하기 어려운 상이다 그러면 어떠랴
싶어 아내를 태우고 잔치국수 먹으러 간다 백세시대에
겨우 절반 조금 더 산 것을 자랑할 수가 없으니 가늘고
긴 국수라도 먹어야 하지 않겠나, 젓가락에 국수가락 걸
치며 그냥 감사하기로 한다 시원한 멸치육수에 청양고
추가 흥을 돋운다 땀을 흥건하게 흘리며 거하게 둘만의
잔치를 하니 아내는 자식 자랑을 늘어 놓는다 아들 좋아
하는 김밥 두 줄 사서 뒷좌석에 싣고 문을 닫는데 오른
손 검지손가락이 다 나오지 않은 채 문이 닫힌다 체면이
고 뭐고 손을 움켜쥐고 데굴데굴 굴렀다 검게 멍든 손가
락을 한참 만에 움직여보니 신경이 살아있다 꽃구경에
들떠 있던 아내의 실망하는 눈초리 따라 병원에 간다 사
진을 찍더니 둘째 마디에 금이 갔다고 의사는 핀 박는
수술을 하자고 한다 대답을 하지 않고 손가락을 꼼지락
거렸더니 깁스를 한다 육 주쯤 걸린다면서 한 주 뒤에도

붙지 않으면 수술해야 한다고 겁을 준다 저녁에 아들과
한 잔하려고 했는데 술이 물 건너가고 있다

# 천왕봉에 오르며

가다 보면 세상이 보이겠지
오로지 스틱에 의지하고
몸부림치는 두 발
조심은 조바심을 낳고
두려움은 하얀 마음에 묻힌다

조금만 더 가면 능선이겠지
방향을 잡아야 한다
많아지는 생각, 쏟아지는 땀방울
눈의 무게를 이기지 못하는 나무들
배낭처럼 지고 가야 한다

가다 보면 보이겠지
정상을 향해 가고 있는 걸음걸음
늘 먼저 간 발자국만 따라갔었지

눈으로 덮인 산
외롭게 걸어야 하는 거대한 산

뚜벅뚜벅 가다 보면 세상이 보이겠지
잃어버린 발자국 찾겠지

# 홍매화

잠시 붓을 놓고 잠이 든다

바람과 눈과 햇빛으로 단련된 황태처럼
뒷짐 지고 시장 골목 걸어 나와

옛 성인과 나누는 찻잔 속
새벽을 여는 글 읽는 소리

난은 꽃망울 터트리고
묵향은 방을 달구는데

이를 깨우는 화단

지난봄에 그려놓은 매화 붉다

# 나비

손자가 어린이집에서 그려온 나비

베란다 유자나무에 앉았다가

방안을 날고 있다

온통 노란색이다

꽃 주변 빙빙 돌다가

잠이 든다

노란 유자가 시큼하다

# 달고나

철길마을 지나다가
유혹이 날름거리는 연탄구멍을 만났다
매캐한 화덕 부둥켜안고
나무젓가락으로 빙빙 저으면
하루 한 번 지나가는 증기기관차 기적소리
손가락 닿으면 금방 부서질 것만 같은
떼어내는 굳은살마다 묻어나던 달콤한 조각들
서서히 살아남는 하트 모양
연탄구멍의 푸른빛 뜨겁고
지나간 열차도 뜨겁다
녹지 않는 사진 속 초등학교

# 벌목장

등산로에서 쓰러진 참나무를 만났다

죽음을 예비하지 못한 듯
가지 끝에 매달린 초록의 눈망울
바람에 떨고 있다

들고 가던 물병에 가지를 밀어 넣고
심폐 소생술을 했다

전기톱 소리에 널브러지던 절망

붉은 피처럼 진달래꽃 흐드러진다

# 미세먼지


아, 해골이다
수시로 날아오는 내 전화기 속 경고

아프리카 해적 집단의 검은 깃발이다
누군가를 납치하고 자인하는 징표이다

절대 나가지 마세요!

납치된 것이 분명하다
검은 천에 덮여 결박당한 얼굴
숨쉬기가 답답하다

달이 태양을 가린 것 같다
분간 없이 걸어가는 불안

숲속을 걷고 싶다

텔레비전에서 검은 마스크가 걸어온다
물 먹은 도화지 속 뿌연 하늘 아래

노란색 원피스 차림의 기상캐스터
적에 대항하는 법을 알려준다

내일 나는
흰색 마스크로 무장할 거야

# 밤바다

어린아이처럼 별들이 시름시름 보채고

길게 철썩 때리는 파도 소리

당신 품속에서 펄쩍 놀라

토닥토닥 어둠을 재우는

달

고요가 그리움으로 소용돌이치는

뱃머리

물고기 한 마리 솟구치자

멀리서 조선소 불빛 깨우고

아련하게 통통통

적막에 잠기는

빛

# 두현각*

드디어 찾아온 기회
거하게 쏘는 날

여자는 인사를 하고 주문을 받는다

숟가락 하나 더 얹는 게
우리네 인심

춘장은 끓고 주인장은 면을 뽑는다

숟가락 하나씩 든 동료들
소주 한 병 외치고

모두 셀프다

염치는 있어야지
짜장면 한 그릇에 이천 원인데

저렴하고 착한 식당

자기 먹은 것 자기가 내는 규칙
큰소리로 깨는 날

큰소리도 셀프다


* 두현각: 중국음식점

# 봄볕

저수지에 발 담근 산

뚝방의 쑥 캐는 여자들

느끼하게 희롱하고

화끈 달아올라 움직이는 칼들

예리하게 잘리는 향기

산으로 들로 번지면

물속으로 뛰어드는 등산복의 남자들

산 그림자 거두어들이고

구급차가 떠난다

# 성선경

1988년 한국일보 신춘문예 시부문 「바둑론」 당선
시집 『아이야! 저기 솜사탕 하나 집어줄까?』
『까마중이 머루 알처럼 까맣게 익어갈 때』
『파랑은 어디서 왔나』『봄, 풋가지行 』『진경산수』 외 다수
시선집 『돌아갈 수 없는 숲』
시작에세이 『뿔 달린 낙타를 타고』
산문집 『물칸나를 생각함』
동요집 『똥뫼산에 사는 여우(작곡 서영수)』
고산문학대상, 경남문학상, 시민불교문화상, 마산시문화상 등 수상

# 저 눈 먼 아침, 잡아라

이 모서리만 지나면
내 쉴 집이 나오리라 기대하면서
끝없이 걷는다, 골목을 돌고 돌아

아침이면 다시
만년필에다 잉크를 다시
채울 것을 알면서
몽땅 치운다, 원고지 뭉치를

오늘이 마지막이 아니란 걸
알면서 저녁 이불을 펴고
또 일기를 쓴다, 마지막이듯

그런데 이 망할
아침은 늘 새로운 간肝과 바위와
새로운 시간을 내 앞에 내놓는다
새 원고지를

오늘이 마지막이 아니란 걸 알면서

저녁마다 한 권의 시집을 머릿속에다 묶어놓고
서문을 쓴다, 새로운 아침마다
내 앞에 놓인 빈칸의 새 원고지들

저, 눈먼 아침, 잡아라.

# 아이고, 닭 잡아라

일주일만
주말이라고 딸이 왔다
아내는 대바구니를 들고 문을 나서며
딸이 왔는데, 씨암탉 잡아야지 하고
내 화단花壇으로 나가더니
바구니 가득 상추며 깻잎을 챙겨 들고
들어왔다 나도 딸도 모른 척
맛있게 저녁을 먹고 화단엘 나가보니
관상용 상추가 털 뽑힌 생닭처럼 온통 맨살이다
으잉, 이게 무슨 일이냐고 털 뽑힌 저 닭 꼴
아이고! 닭 잡아라, 아이고! 닭 잡아라
저 저 관상용 상추를
아이고, 닭 잡아라
저 씨암탉을.

# 아내는 헤이즐넛을 마시고

사람들은 왜 헛헛해지면
헛제삿밥을 먹으러 가는지 몰라
장손 며느리 탕국에 빠져 죽는다는 말은 참말
나는 오늘도 갖은 나물에
남은 제삿밥을 마저 비벼 먹는다
아내는 우아하게 헤이즐넛을 마시며
여보! 헤이즐넛향이 나남요? 묻는데
나는 지금 해질녘인지 해 뜰 녘인지 알지 못한다
배는 불러 남산만 하고 그래도
탕국은 남겨서는 안 될 것 같아
냄비 바닥을 긁는데 아무래도
사람들은 왜 마음이 헛헛해지면
헛제삿밥을 먹으러 가는지 몰라
탕국을 먹으러 가는지 몰라
그들은 제사도 지내지 않는감?
탕국도 끓이지 않는감?
아내는 우아하게 헤이즐넛을 마시는데
나는 오늘 벌써 삼 일째
탕국 냄비 바닥을 긁고
그래도 속이 헛헛해 헷갈리는 식탁.

# 소주에 대하여

소주는 소우주라고 길게 발음해야 한다
그래야 소주의 깊은 향취가 우리의
뇌를 울린다. 목마른 사막의 목구멍을
월아천月牙泉처럼 적신다
소주를 쐬주라고 발음하는 때도 있다
그러나 소주를 쐬주라고 발음할 경우
소주는 어쩐지 풍찬노숙風餐露宿처럼 허허로워
매운 화학조미료의 맛을 풍기고
금방 취기가 올라 목마른 낙타처럼
아침 이슬 같은 물기에 눈망울이 젖는다
그래서 소주는 소우주라고 길게 발음해야 한다
그래야 환갑을 지나 이순耳順에 가 닿은 듯
천리天理를 듣는 귀를 가지게 되고
우주의 별빛을 바랄 수 있는 눈빛을 띠게 된다
그래서 소주는 늘 우리에게 소우주小宇宙
깊은 향취가 우리의 뇌를 맑게 울린다
목마른 사막의 목구멍을
월아천月牙泉처럼 적신다.

# 자작自酌

벙어리 벙어리 귀머거리 술 자작
혼자서 마시는 저 벙어리 술 자작
귀족처럼 우아하게
한마디 말도 없이 잔만
들었다 놓았다 자작 자작
혼자서 마시는 벙어리 술 자작
갑돌이 갑순이도 없이 혼자서 노는 소꿉놀이처럼
오른손으로 따르고 왼손으로 마시는
자작 자작 빙판을 걷듯 귀머거리 술 자작
꿀벌도 꿀에 빠지면 죽는 것처럼
그러다 정말 너 취한다
내 옆구리 내가 찌르며
잔 돌릴 틈도 없이
한마디 말도 없이
제가 주고 제가 받고
귀족도 아닌 것이 우아하게
잔만 들었다 놓았다 하는
혼자서 마시는 저 벙어리 술
귀머거리 술 자작.

# 월명 月明

라면박스를 깔고 아야야
배낭을 베고 아야야
신문지를 덮고 아야야
여름철 매미같이 한뎃잠을 자네

아침 풀잎의 이슬처럼
허물을 벗어 던진 원효처럼
이렇게 한세상을 건너가고 있는 중

집이 있어도 갈 수 없는 집
친구가 있어도 만날 수 없는 사람

어둠이 낮보다 친근하여서 아야야
근심처럼 수염을 키우고서 아야야
주민등록을 감추고서 아야야
읽고 버린 신문지 같은 풍찬노숙風餐露宿

거물에도 걸리지 않는 바람처럼
이것도 또한 이승의 한 인연

역 앞 광장에서
역전 지하도에서
낯선 공원 벤치에서
사공도 없는 빈 배의 저 조각달처럼

또 한세상을 건너가고 있는 중.

# 녹우綠雨

늦여름 비는 오십 대 중반
꽉 찬 먹구름이었다가
텅 빈 마음이었다가
젖은 초록으로 온다
다 알 것 같기도 하고
다 모를 것 같기도 한
초록 산마루에서 온다
초록, 초록, 초록
환호歡呼 같기도 하고
비명悲鳴 같기도 한
녹음綠陰으로 젖은 초록
땀인지 눈물인지 모를
젖은 초록으로 몰려온다
이젠 꽃들이란 이미 다 지고
더 볼 것도 없이 지친 초록
빛 고운 연두도 아니고
속이 붉은 단풍도 아닌
초록, 초록 지쳐서 온다
늦여름 비는 오십 대 중반

다 알 것 같기도 하고
다 모를 것 같기도 한
젖은 초록으로 온다.

# 쑥부쟁이

꽃답다 여기면 꽃 같고
풀 같다 여기면 풀 같은
사람의 일을 어이 다 알며
사랑의 결말을 어이 다 알리

지나간 시간이 아름다웠다면 아름다운 대로
지나간 시간이 괴로웠다면 괴로운 대로

꽃은 이미 우리가 알고 있듯이 그 자세가 처연하다

화장을 한 것 같기도 하고
화장을 하지 않은 것 같기도 한

풀도 아니고 꽃도 아닌
바람에 흔들리는 음력 구월의
저 사랑 그림자

한 계절의 바람이 다 지나가도록
누군가를 기다린다거나

누군가를 그리워한다면

그 잎과 줄기는 이미 쓴맛이 들었겠다

꽃답다 여기면 꽃 같고
풀 같다 여기면 풀 같은
사람의 일을 어이 다 알며
사랑의 결말을 어이 다 알리.

# 소소헌笑笑軒에서

나는 삼엽충 화석 하나를 갖고 있다
저 고생대에서 온
절지동물의
화석 하나를 갖고 있다

애야! 너는 장손長孫이란다 등 토닥이며
이담 손자를 보게 되면 꼭 보여줘야지

약 5억 7000만 년 전
캄브리아기의 초기에 나타났던
삼엽충 화석 하나

아직 아들에겐 보여주지 않은 이것
이다음 손자를 보게 되면 꼭 보여줘야지

나는 아직 느껴보진 못했으나
세상에서 가장 큰 즐거움은
포손지락抱孫至樂이라는데

얘야! 너는 장손長孫이란다 말하며

아직 아들에겐 보여주지 않은 이것
이다음 손자를 보게 되면 꼭 보여줘야지

아직 장가도 들지 않은 아들의
아들을 그리워하며
약 5억 7000만 년 전
저 고생대에서 온 삼엽충 화석 하나를
나는 갖고 있다.

# 낮달

할 일이 없으니 얼굴만 환하여서
고기가 물지 않는 사리 때의 새 총각같이
환하여서 슬금슬금 남의 집 담이나 넘보며
뒷골목을 어슬렁거리다 어깨너머 휘파람이나
휙 휙 날려서 큰 애기들 꽃 가슴이나 흔드는가 몰라
할 일이 없으니 뒷산 소나무 가지에 올라서
할 일이 없으니 앞 내울 미루나무 끝에 올라서
어쩨 눈웃음이나 휙 휙 날리다가
슬금슬금 남의 까치집 속이나 넘보다가
어스름 구름 뒤에 슬쩍 숨었다가
큰 애기들 꽃 가슴만 흔드는가 몰라
할 일이 없으니, 저리 할 일이 없으니
얼굴만 환하여서
백자 항아리 같은
저기 나의 밑동 같은 낮달이
개구지다 백수건달이.

이강휘

부산출생
부산대학교 국어국문학과 졸업
부산대학교 국어교육전공 석사
2014년 계간 『문학청춘』 신인상 등단
시집 『내 이마에서 떨어진 조약돌 두 개』

# 설거지

아무도 보지 못하는 곳에 있어서
누구도 보아주질 않는다고 한탄하고 싶을 때면
설거지를 하자.

고춧가루 벌건 김치가 됐건
기름기 가득한 삼겹살이 됐건
개의치 않고 받아내는 접시와

결국 씻겨버릴 흔적을 위해
아니 씻겨버릴 거라는 걸 잊은 채
속을 내어 줄 국그릇과

오늘 하루만큼의 안도와
내일 하루만큼의 위안을 짊어지고
해 진 식탁 위를 말없이 오르는 밥그릇.

설거지를 하자.
누구나 보는 곳에서
아무도 보아주질 않는 존재를 닦아주자.

# 같잖음

시인 같지 않은 짓거리 하지 말라고 하지 마요.

애들 문제집 써서 시어 하나를 구하고
보충수업 하나 해서 시구 하나를 건지고
면접지도 한 번 해서 시집을 묶어요.

그러니까 이건
시인 같지 않은 짓거리가 아니라
시인 같아지려고 하는 짓거리예요.

같잖은 짓거리하지 말라고 하지 마요.
결국 당신과 같아지려고 하는 거잖아요.

# 놀이터에서

그네 한 번 타보려고 곁을 서성거리던 아이
뒤에 오는 꼬마에 밀려 넘어졌네.
그 꼬마 맹랑하게
그네는 이렇게 타는 거라며
하늘로 몸을 올리는데,
그네는 타지 못한 채
넘어져 무릎 까진 아이는
올라가는 그네에 눈을 떼지 못한 채
몸을 일으켜
다시 그네 옆에 서 있네.

시詩도 놀이일 뿐이니
한 판 잘 놀면 그만인데
나는 그걸로 그네 한 번 타보겠다고
까진 무릎 매만지며
그네 곁을 서성거리기만 했네.

# 풋크림을 바르며

갈라진 뒤꿈치가 따끔거리기 전까진 여태
발의 헌신에 대해 생각해보지 않았다.
그저 양말 벗어 냄새나 맡고
세탁기에 던져 넣을 줄만 알았지.
입 굳게 다문 채
신발 속 악취를 감내하고 있는
발의 헌신을 몰랐다.

갈라진 발에 풋크림을 바르며
이놈은 제 몸 찢어질 때까지 저를 숨기는데
나는 뭐가 그리 급해서 나 좀 봐달라고
그토록 입 벌리며 살았나, 악취 풍기는 줄도 모르고

갈라진 뒤꿈치.
부드러운 풋크림으로도
도저히 메꿀 수 없는 갈라진 틈,
그 사이로 맺히는
부끄럽도록 붉은 피.

# 연수練修

지그시 감은 두 눈에 감춰진 독기
살기를 감추고자 안간힘을 썼으나
손끝에 닿은 날카로운 칼
그 손잡이의 흐릿한 촉감을 감싸 안고
저 목을 베리라 하던 순간,
풀빛을 보는 저 상대의 눈이 너무 빛나니
비록 무릎을 꿇지는 않았으나
고개 숙여 칼끝을 내 배로 돌릴 수밖에 없었네.
아, 이 굴욕적인 찰나에
눈앞에 풀빛이 여럿 보이는데
눈에 밟히는 저 풀빛 하나하나
풀냄새 내보이고 난 후
비로소 배를 가르려면
지금껏 살수殺手로 키워진 몸이라도
뱃살을 찌워나갈 수밖에 없겠네.

# 책팔이

나는 얼마만큼 뻔뻔하게 살아왔나

백 원어치 시 한 편 겨우겨우 써내면서
오만 원을 받길 바라고
다 써먹은 집 한 채를 부동산에 내면서
천만 원을 더 받길 바라고

시장 바닥 옷 한 벌에 천 원 깎는 건
좀스럽다 하면서
다 먹은 김치찌개에 두부 좀 더 넣어달라고 하는 건
부끄러워하면서

그저 꼿꼿한 시인인 척 고고한 선비인 척

책 한 권 내면서 어쩌면 잘 팔릴까
잠 못 이루며 고민하는
장사치면서

나는 얼마나 뻔뻔스러운가
나는 얼마나 좀스러운가

# 나이 드는 게 무서운 이유

골짜기가 있어.
예전에는 그게 잘 안 보인다고 했거든, 사람들이
난 분명히 보이는데.

시간이 가면서,
조금씩 깎이고 다듬어지면서
골은 더 싶어졌지.
물이 흐르고, 때로는
조금씩 고이기도 했어.
그래도 잘 안 보인다고 했거든
내 눈에는 선명한데 말이야.

시간이 가면서,
고인 물의 색이 변하기 시작했어.
그제야 골이 보인다고 하더라고, 사람들이
그 골을 가만 놔두면
그게 날 흉하게 만들 거라 하더라고

근데 그 골 때문에 보기 흉해지는 게 두려운 건 아냐.

그건 내 눈에는 예전부터 보였었는데 뭐.
나는 말이야. 그 골에서, 색 바랜 고인 물에서
썩은 내가 날까 봐
그게 흉할까 봐, 그게 역겨울까 봐

그게 무서운 거야, 나는.

# 개구리 씨의 수업

개구리 씨는 오늘도 교실에 들어가
정성스레 설계한 수업에 쓸 학습지를 나눠준다.
모든 아이들이 학습지에 적힌 글을 읽고 글자를 쓰리
라 생각했지만
대부분은 학습지로 열심히 종이를 접으며
그의 기대에 구멍을 내고 있었다.
그게 몹시 못마땅한 개구리 씨
한바탕 신나게 열을 내고 있는데,

저 멀리 펼쳐진 바다에서 종이배 한 척이 파도를 부수
며 내달리고
그 위로 종이비행기 한 대는 굉음을 내며 창공을 가로
지르고 그 사이로
낚아챈 개구리를 입에 문 종이학 한 마리
우아한 날갯짓으로 다가와
유유히 교실 창가에 앉는다.

학의 입에 물려 버둥거리는 개구리에
시선을 빼앗겨 버린 개구리 씨는

남은 학습지를 내던지고
학을 피해 우물 속으로 들어간다.
그리고는 그 입에 물려있던 개구리를 생각하며
섣불리 우물 밖으로 나오는 것에 대한 위험과
재빠른 자신의 처신에 대해 만족하며
안으로 안으로
우물 속으로 들어간다.

# 사랑시

시가 밥 먹여주냔 소릴
삼시 세끼 밥 챙겨 먹듯 달고 살던 마누라가
웬일로 시나 쓰라고 잔소리하네
드라마에 시집이 나왔대나 뭐래나
그리곤 이어지는 한숨
무슨 사랑시라는데
나는 감정이 메말라 그런 시는 못 쓴단다

아, 이 사람아
감정이 메마른 사람이
어찌 당신 눈을 못 마주치나?

# 직업병

아빠와 엄마와 아이가 따로 살아요. 주말에는 같이 모여요. 그리고 일요일이면 헤어져요. 아빠는 일이 바빠요. 그래서 항상 퇴근이 늦어요. 엄마는 운전이 서툴러요. 그래서 해가 지면 운전을 못 해요. 아이는 이별이 낯설어요. 그래서 항상 일요일 저녁이 되면 울어요.

1. 위 상황에 대한 판단으로 적절한 것은?
① 아빠가 일을 그만둔다.
② 엄마가 운전을 연습한다.
③ 아이가 이별이 익숙해진다.

우리는 ③을 선택했고 그 덕에
아이는 이별을 강요받았다.
우리는 눈물에 익숙해졌다.

아이가 자라는 만큼 익숙해진 눈물의 무게가
점점 무거워진다.

이기영

2013년 『열린시학』으로 등단
시집 『부에나 비스타 소셜 클럽』
2016년 전국계간지우수작품상 수상
2018년 제14회 김달진창원문학상 수상

# 나는 모든 1인분이다

한, 장, 한, 장, 수신호를 완성해 가던 여름이
가지 끝에 이르고 다시 낯선 계절에게로 방향을 틀 때

나를 스쳐 지나가는 것들은 지겹도록 일관적이어서
어제 같고 무덤 같아서

지겨웠다

나는,
그의 목덜미를 타고 도는 불굴의 의지였으나 마지막
구호였으나
밤사이 붉은 장미를 짓이겨버린 발자국이었다

나의 1인분의 모든 어제와 1인분의 모든 감정과 1인분
의 맹독이 주머니에 손을 넣고 걷는 1인분의 발자국들로
번질 때, 1인분의 농담이 1인분의 멀미가 되지도 못하고
1인분의 입술이 1인분의 심장으로 퍼지는 저녁

나의 1인분과 너의 1인분은 아무리 섞여도 2인분은 아

니다

예리한 칼날은 두께를 버리고 모든 틈으로 드나들 수
있다 어쩌겠는가 나는 이미 1인분의 두께를 가졌으므로
어떤 2인분도 될 수 없으므로

# 환상지 증후군

풀 속에 숨겨둔 알을 뱀이 와서 모두 집어삼키고 떠난
뒤 어미 뱁새는 빈 둥지에 돌아와 계속해서 몇 시간이고
몸을 뒤척여 주었다 품속에 품었던 알을 제 몸의 온기로
모두 적셔주기라도 하려는 듯이

뱁새 둥지에 탁란을 하고 간 뻐꾸기는 계속해서 풀숲
을 흔들고 개망초 꽃잎 위 무당벌레는 미동도 없는데 아
직 여물지 않은 씨앗들은 유월의 폭염을 견뎌보는 중이
다

메마른 것들이 바싹 마른 입술을 혀끝으로 훔치는 노을

저녁은 오래 앓은 두통을 산 자의 마지막 배경으로 쏟
아놓고

지붕 없는 집에
달이 참 밝다

# 성산패총
— 봉쇄사원


잠깐의 고요를 깨고
그날의 봉인을 풀기 위해
언 손을 불어가며 창을 닦는다

낯선 행성이 다닥다닥 박혀 있다

극단적으로 잘라놓은
빛의 해변에, 흰 시간 속에
비에 부식된 바다와 다정한 하루가 있고

껍데기는 쌓이고 쌓여
비밀의 사원에 하얗게 잔설로 내려앉아

까마득히 사라져버린 물결에 대해
어떤 무늬든 새길 수 있다

밤의 언덕에서 별의 목소리를 줍던 여기는
먹빛이었다가 다시 슬퍼지는 오래된
침묵의 나라

# 이팝꽃

계절이 계절에게로 건너가는 길목
천연덕스런 얼굴을 하고
작고 가벼운 수요일을 물들이는
목요일이 나타나고
목요일이 사라지면
어떻게든 기억을 불러내
어두운 심장을 가진 그에게로 간다
휘파람을 불고,
휘파람을 불고,
휘파람이 흩날리고,
천지사방에 휘영청
끓어 넘치는
배고픈 서정시 한 편

# 점占

나쁜 일 일어날까 걱정 많은 그녀가
오른쪽으로 기우뚱 쓰러지는 그녀가
점집을 가네

지난달에도 다녀왔는데 처음 간 것처럼
식구들 태어난 날, 태어난 시를
한 자도 틀리지 않고
핏덩이로 죽은 아들이 말을 걸어오면
여든의 그녀가 우네

발목이 잡혀
어제에서 한 발도 못 나가는 그녀가
어제보다 더 먼 어제만 생시처럼 아는 그녀가
어제부터 자꾸 내다 버리는 그녀가

내일을 끌어안고 우네

# 백일홍

무너지는 골목 모퉁이
맨살에 터를 잡고 점점 악몽이 되어가는 붉은 저녁이
있다

빗물도 겨우 가 닿는 그곳에서 말라비틀어지는 혼잣말
을 삼키면
열망으로 가득 찬 벽은 꽃밭을 옮길 수 없고
절망조차 포기할 수 없어

비는 내리지 않고 하염없이, 시들어가는 일만 반복할
뿐인 낮과 밤

고작해서 길목이나 지키는 실루엣을 위해 하루하루를
꼬박 기다리는 일 따위,
계절을 바꾸고 표정을 덧씌우고 환상을 버리면
맨발로 절벽 오르는 투혼이 그 어떤 것보다 감각적일
리 없는데

허무하게도,

어스름 속의 굽은 등, 등 위로 쏟아지는 달빛

골목은 무너지는 수직과 함께 빛나고 있다

# 아버지의 북새

하루를 급히 마감하려는 어스름 사이에서
잠깐 주저하는
빛을
오랫동안 노을이라 불러 왔지만
아버지는 북새라고 불렀다

붉은 새가
하늘을 모두 물들이고 나서야
새까맣게 타버린 밤이 재가 되어
밤새 대지에 내리는 거라고
그렇게 비옥한 아침이 매일 찾아오는 거라고

태양이 여든여덟 번 담금질한
한 톨의 쌀이
뜨거운 밥으로 오듯이
아버지도 매일 하루를 마감하면서
전 생애를 그렇게 재가 되어 내렸었는데

그 비옥한 땅에서 나는,

하루에만 중독된 사람들 속에 섞여서
중독된 사람들 속의 사건들에 밟혀서
나는,

뜨겁게 달아오른 눈시울 닮은 저 북새가
오늘도 떴는데

# 맹목적 탐색


겉도는 목소리가 빈집 창문을 깨뜨린다

적의를 걸치지 않고 이 계절을 지나갈 수 있다면
나는 기꺼이 반쯤 남은 변명도 버릴 수 있다

눈이 오는 날이 많아서 심장은 계속 얼어붙고
잃어버린 다리, 잃어버린 어린 눈동자
잃어버린 조금 더 자란 목소리

능청스런 날씨는 계속되고
반칙이 난무하는 편파적인 시점을 견뎌야 하는 이 계절

아무것도 거리낄 것 없는 바람을 타고
날카로운 이빨과
파충류의 차가운 심장을 가진 내가
한 번도 울어본 적 없다고 고백하는 당신이
서로의 매끄러운 살결을 타고 미끄러지는 밤이다

당신은 더 이상 허기를 사용하지 않는다

나도 더 이상 눈치를 사용하지 않는다

우리는 그저 맹독의 사용처만 궁금하다

# 글루미 선데이Gloomy Sunday*

택배를 받아 커터칼로 상자를 열었을 때
상자 안은 곧 터질 듯 수상한 공기 방울들로 가득했다

주먹만 한 상품을 감싸고 있던 거품을 걷어내자
반값이라는 놀라운 행운은 쇼호스트의 언변에 질려
납작 엎드려 있었다

사지 않는다면 세상 종말이 올 것 같던 조급함은 사은
품으로
계속해서 째깍거리며 줄어들던 마감 임박은 카드대금
영수증으로

번개 맞아떨어진 그 많은 빗물보다
비좁고 시끄러운 허물 벗어놓고 우는 매미보다

서로를 핥아줄 수도 다독일 수도 없는
짧은 혀를 가져서

혼자인 날이 울고 있다

공기 방울 하나를 터트리며 울음이 번진다
저 많은 공기 방울은 언제 다 터지나

중심을 버리고 둘레가 다 젖으려면
얼마나 많은 택배 상자가 와야 하나

외로운 사람들은 오늘도 화면 앞으로 모여들고
딸깍, 딸깍, 자신을 잊어버리고


\* 우울한 일요일. 영화 제목에서 차용

# 판화 834
— 파인텍 고공농성이 끝난 날

세 남자가 굴뚝으로 올라가고 매일
저녁노을이 핏빛보다 더 붉은 만장을 펼쳐 보였다
상두 소리를 끌고 가는 울음들
사백 팔일에 사백 이십육일을 더 해도
그치질 않았다
두 남자가 밀어버린 사다리를
다시 놓고 더 높은 사다리를 다시 놓고도
내려오지 못하는 지상에는
밤마다 땅이 한 뼘씩 더 꺼졌다
밤마다 불이 하나씩 더 켜졌다
굴뚝은 계속해서 하늘에 닿고
이제 그만 울어
지상에 모든 불이 켜졌을 때
마침내 그들이 내려왔다

한 장의 판화가 834번째를 찍어낸 뒤에

이서린

1995년 경남신문 신춘문예 시 당선
2007년 김달진창원문학상 수상
시집 『저녁의 내부』 2016년 세종 우수도서 문학 나눔 선정
날나리인문학 〈돗귀〉, 밴드 '주책' '울림' 맴버
경남문협 · 창원문협 · 경남시협 이사, 디카시 운영위원
(사)시사랑문화인협의회 부회장
문학치료 · 소통 · 청소년 인성 강사

# 불면의 밤에는, 애인아

목구멍 가득 말을 삼켰지

쇳소리 나는 말들을 삼킨 그 밤, 나는 귀가 아파
잠도 꿈도 설익은 밥알처럼 둥둥 떠다닐 때
너는 세상 어디에도 없는 주파수처럼 잡히지 않았지

밤을 기다리는 불온한 사람아
우리가 결합했던 적이 있었나
반짝, 순간의 불꽃이라 하여도
발화하여 흔적 없이 사라진다 하여도

음극과 양극의 비밀스런 전류는 얼마나 매혹적인가

떠도는 말들을 귀에서 귀로 흘려보낸 검은 밤의 침묵과
어쩔 수 없었다고 외치는 네 붉은 혀의 슬픔

상처를 받고 상처를 깁는 사람들의
방, 불은 켜지지 않거나 꺼지지 않거나
틀어막은 입에서 나오는 신음이거나 길을 잃은

작은 짐승 소리이거나

꺼지지 않는 불을 환히 밝히고 오늘 밤도 건너야 한다면
불가능한 잠을 기다리는 무수한 양떼와 함께
이 밤을 빨간 눈으로 스위치인* 하는 건

또 얼마나 황홀한가


* 스위치인: 한꺼번에 조명을 넣는 일

# 오월 편지

계절이 바뀌고 있어요 어머니
장독대 옆 머위 잎도 커지고요
어린 초록의 무화과에 그늘이 지는 오후
어김없이 뻐꾸기보다 먼저 찾아오는 소쩍새 울음에
앞산을 한 번 더 쳐다보는 날이에요
개미들이 줄지어 화분 밑으로 사라지는 풍경을
골똘히 바라보는 순돌이의 쫑긋거리는 귀
그 모습 우스워 가만 옆에 앉는데
어머니, 울타리로 심은 찔레꽃향이 바람을 타고 번져요
어릴 적 어머니의 앞섶에서 맡았던 냄새
연분홍 찔레는 언제 저리 피었을까요
어머니 가신 지 벌써 몇 해
꼬리 흔들며 반기던 월이 달이 묻은 지도 한참이에요
고것들 뛰어놀던 살구나무 아래
꿈결처럼 노니는 하얀 나비 두엇
작별해야 할 것은 아직 많고
눈 감는 순간에도 꽃은 필 테지요
저절로 오고 가는 삶의 연속성에서
추억은 문득 켜지는 별 같기를 바라다

어느새, 성큼 다가온 저녁
훌쩍 큰 아이가 돌아오겠지요
밥 안치고 등 밝히다 달려가 안을 때
찔레꽃 향기 물씬 났으면 싶은
그립다 편지 쓰는 오월이에요 어머니,

# 목욕탕과 눈사람

노인의 등은 둥글다. 둥근 등 위에 바짝 짧게 자른 하
얀 머리가 작고 동그랗게 얹혀 눈사람 같다.

그 눈사람에게 등을 맡기고 있는 살집 좋은 중년의 여
자와 초록 때수건을 이 손 저 손 번갈아 가며 느리지만
정성을 다해, 목욕탕의 눈사람이 때를 미는데

저 작은 눈사람에겐 분명 버거울 일. 끙, 일어났다 앉
았다 등을 미는 모습에 내 마음은 점점 불편해지고. 저
여자는 아픈가. 어디 몸이 불편한가.

탕 속에 앉아 그들의 움직임과 대화에 나의 모든 신경
이 쏠린다.

엄마, 괜안나? 인자부터 등 밀지 말라캐도. 괜안타.
내가 밥을 하나, 빨래를 하나. 니캉 목욕 와서 요래 등
미는 기 제일 좋다. 니 얼라 때부터 해 왔다 아이가. 아
직 쓸모 있는 기라, 내가

어쩌면 점점 작아졌을 하얀 머리의 눈사람도 쓸모 있다는, 이젠 서서히 녹아 사라질 것 같은 눈사람에게 기꺼이 등을 맡기는, 희끗한 머리의 딸과 등이 둥근 노모가 나누는 젖은 목소리

더운 김에 부연 시야, 눈 감으며 탕 깊숙이 몸 담그니 따뜻한 물이 출렁, 턱까지 차오른다.

# 그 남자

경상도에 살면서 서울 말씨 쓰던,

술 취한 밤 골목 끝 내가 왔노라 노래로 겁 없이 소문
도 내고 도깨비와 한판 붙어 멋지게 이겼다며 윗니 아랫
니 드러낸 채 거침없이 대문 열던 유도 유단자의 잘생긴,

007 제임스 본드 상영관에서 키스 장면엔 슬며시 내
눈을 가리던 담배 냄새 짙게 밴 손가락이 좋았지만 눈이
큰 나에겐 뒷모습만 보이던 그 남자, 늘 언니를 좋아했지

마루에서 기타 치며 노래할 때 무릎걸음으로 뒤로 가
기댄 적 있었는데 그의 체온과 등을 통한 목소리에 남
몰래 눈물 흘리게 했던,

겨울 아침 학교 갈 때 운동화 찾으면 부엌 아궁이에 데
웠다가 내어주던 손이 따뜻한 서울 말씨의 남자

지금의 나보다 어린 나이에 느닷없이 미련 없이 세상
을 떠나 고백할 틈도 주지 않지만 우리의 연순 여사가

사랑한

　한번, 정말 한 번만 안기고 싶은 어릴 적 내 짝사랑,
그 남자

# 소사동 팽나무
― 겨울


나무는
대부분의 잎을 버렸다
무성했던 잎 사라진 자리
가늘고 길게 찢어진
가지, 가지마다 하늘을 들어 앉혀
검은 혈관 꿈틀대는 하늘엔
새들의 날갯짓이 선명하다
삼백 살 하고도 사십 년 넘은
나무의 풍모는
소사동 드나들며 외경의 자세로 흠모하던
나의 눈길을 붙들었는데
잎을 죄 버리고도 아름다운 그는
입 없이도 전설을 말하는 그는
한 시인이 살다 간 그곳에서
세상을 바라보며 묵언수행 중이다
추위에 곱아가는 손
그의 마음을 얻으려고 가만 대어보면
거칠고 마른 몸피로 굽어보는
거대한 침묵
하늘은 높고, 파랗다고

# 거룩한 계보

　친오빠라 하였어. 둘째 이모의 아들인 줄 알았던 그
가. 붉고 긴 손가락으로 맛있게 담배 피우는 법을 가르
쳐 주던, 우리 집 근처에서 맴돌던 그 눈빛을 비로소 알
게 된 밤. 진눈깨비는 소리도 없이 내리고. 어쩌나. 엄마
는 계속 뻑뻑 담배만 피우네. 이젠 네가 감당해야 할 비
밀이라는 듯 이 빠진 그릇에 재를 털면서 가끔 얼룩진
천장만 바라보네. 나는 오래된 장판을 손가락으로 문지
르면서 두근거리는 가슴을 시치미 떼고 있었어. 조직의
넘버 투로 가끔 교도소에 갔다 온 그가 나의 친오빠라
니. 둘째 이모도 아버지도 세상을 떠난 자리에 루돌프의
썰매처럼 들어온, 핏줄이라 부르는 그의 존재. 내일은
성령으로 태어났다는 예수의 성탄절인데 엄마를 이모라
불렀던 그의 탄생은 무엇이라 해야 하나. 문밖은 흰 점
들이 점점 뚜렷해지고 열일곱 살 끄트머리, 인생은 무거
운 완장을 또 하나 채워주네. 적막 속에서 캐롤송은 들
리는데

# 잠깐이라는 말

어둠이 빨리 오는 겨울 저녁
습관처럼 내다본 바깥
거기
선홍의 핏물 흥건한 하늘
세상을 물들이고 있어
감탄하다 사진기 찾아 나갔는데

순식간이다

선홍의 하늘은 간데없고
자줏빛 띄는 검은 구름만이

이런, 절정이 순간인 것 미처 몰랐나
그때가 금방인 것 미처 몰랐나
당신의 신호 알아채지 못한
이것만 하고, 찾아간 그때
이미 식은 체온

눈길 거두지 말아야 끝까지 지킬 수 있는

우리도 그냥, 잠깐 아니겠니

# 저, 새

바람에 비가 날린다

빗방울 매달린 검은 전깃줄

하염없이 비를 맞고 있는 새

꼼짝 않고 저 비를 다 견뎌내는 새

울지도 않고

날지도 않고

비에 젖어 옥상 난간 한참 서성이던 그때처럼

오지게 젖고 있는

저, 새

# 저녁이 오는 창

1.
만장처럼 나부끼는 대숲이 울면
멀리 가던 새들도 따라서 울고
먼 산머리에 잠시 섰던 구름은
식어가는 입술처럼 검어져 간다

2.
바람이 어디에서 오는지 몰라도 지나가는 방향은 알게
되었을 때 바람에도 눈시울이 있어 붉을 때가 있다는 것

3.
마음에도 등뼈가 있어 충격이 오면 휠 수가 있다는 것

4.
젖은 대나무는 소리를 내지 않고
돌아서는 심정도 소리를 내지 않고
이만큼 내려가면 바닥이 보이는걸
글썽, 구름 하나 눈에 들어오는걸

5.
세상이 온통 너의 뒷모습 같아도
하염없이 쓸쓸한 노래를 안다 하여도
캄캄한 창에 이마 대고 손 안경을 만들어도
아무것도 보이지 않을 때가 있어도


6.
그때라는 것
흐름이라는 것
그래 그런 것이라는 것을 알게 된 것이
어둑어둑 잠기는 슬픈 시간

# 폭풍주의보
— 2월 19일 그의 선택

바람은 어찌 알고 몰아치는가
저 비는 어찌 알고 흩뿌리는가

천지 캄캄 한밤중을
풍경은 제 한 몸 작살낼 듯 우는데
허방 같은 바닥 더듬더듬
무서운 그 길 어찌 떠나려는가

끝도 없이 내려앉는 수렁이 이런 건가
이별을 마중하는 법 배웠더라면
준비라도 할 수 있게 눈치챘다면
영원한 것 아닌 줄 알고 있지만
그래도, 그래도, 그래도

분명 저 바람은 미쳤을 거야
미치고 싶어서 저러는 거야
이제 곧 봄이고 피는 꽃 있을 텐데
사정없이 박살을 내고야 마는

떠나는 그 심정 다 알 수 없지만
숨 한 번 가다듬을 사이 없이
말 한마디 건넬 틈 없이 가는

사람아, 한 번만 돌아보지 한 번만, 쳐다보지

바람은 세상 난간에서 뛰어내린다

이월춘

1986년 무크 『지평』과 시집 『칠판지우개를 들고』로 등단
시집 『그늘의 힘』『감나무 맹자』『칠판지우개를 들고』
『동짓달 미나리』『추억의 본질』『산과 물의 발자국』
문학에세이 『모산만필』
편저 『벚꽃 피는 마을』『서양화가 유택렬과 흑백다방』
제23회 경남문학상, 4회 경남작가상, 1회 월하진해문학상
28회 산해원문화상 수상

# 내 안에 속물이 산다

영화를 보러 갔네
가난만 그대를 속인 건 아니라지만
언제나 의연하고 멋있게 살고 싶었네
일상의 노역을 회피하거나
가족들의 밥상을 소홀히 한 적 없었지만
인간이 어떻게 살고 어떻게 죽어야 하는지
사람에 대한 예의, 생명 있는 것들에 대한 예의가 무
엇인지
정답지나 해설지를 받진 못했으나
밥줄에 목을 건 위선도 슬프긴 매일반이었네
영화를 보러 갔네
누구나 강을 건너가야 하는데
집안과 가족들을 건사해야 하는데
가슴에 묻고 땅을 친 이름 하나둘이련만
내 안에 사는 저 부지깽이는 불도 안 붙는지
눈물이 목울대를 흠씬 적셨지만 울 수는 없었네

# 맑고 각별한 가난

햇빛이 물 위에 정처 없이 반짝인다
진정 물과 합일치 못하니
물속의 물고기 비늘과 만나지 못한다
애절한 안타까움이 물비늘을 만들고
물이랑 사이에 서로를 접어 넣는다
무지몽매의 세상에 저 홀로 출렁이며
볼 수 없는 뜨거움을 거두어
돌아서는 등과 손을 어쩌지 못하는
저것이 무재칠시無財七施 아닐까
병아리 발목에 햇살이 논다
어렵고 힘든 삶이 모이면
가난조차 풍요롭게 만든다면서
무심코 넘겨버린 밋밋한 인연들
산등성이엔 분명 지장보살이 계실 것이다

# 무지개 불춤

저건 분명 불이다
조팝꽃은 하얀 불, 진달래는 뜨거운 불
산수유, 생강꽃은 노란불
산벚꽃, 복숭아꽃, 사과꽃은 처녀 불
이팝꽃은 배가 고파 누런 불이다

그분께서 석 달 전부터
세상의 아궁이에 삭정이 불을 때시더니
오늘 온천지에서 불춤을 만나나 보다
무지개 불춤

넋을 잠시 빌려 가는 저 고혹蠱惑
내 비록 이카로스가 될지라도
꽃물의 아름다운 소멸 혹은 타락에
모두를 걸어도 좋겠다

# 질경이꽃

이것도 사는 건가요. 날마다 짓밟고 지나가며 질긴 생명력 어떻다지만 모진 말이지요. 가혹한 사랑이지요. 스스로 무거운 짐을 졌지요. 보고 싶어도 수이 볼 수 없는 사람이 있어 등짐을 자처하지만 그대를 바라본 시간의 넓이와 깊이만큼 해가 길어지고 달이 깊어지는 어디쯤 올갱이국이나 짱뚱어탕으로도 안 되는 솟증[육징肉癥]이 자라고 있지요. 어찌 살더라도 꼴값은 하고 살아야 한다는 아버지 말씀 아니라도 어쩌다 이 지경이 되었는지 늙어서 술값 걱정하는 노인네가 되었으니 비싸고 이기적인 존재 덩어리가 아닌가요. 그때나 지금이나 나는 있으나 마나 한 사람이니. 적적함이 이리 깊어도 속잎 한 장 밀어 올리는 아침

# 가을 지리산智異山


한바탕 끓던 체온 소나무 가지에 걸어놓고
남도의 허리춤에 저 홀로 바람이 식는다
마당가 오리 닭들 털갈이가 한창인데
이즈음 산도 사타구니가 가렵나 보다

배부른 다람쥐 상선약수上善若水 가르치는 숲길
엽록소를 뽑아내니 닭벼슬에 홍엽 같다
세상은 저마다 길을 내며 흐르건만
천 번을 갈아도 시원찮을 네 몸의 털
언제 무엇으로 밀어낼 것이냐 묻고 묻는데

한 가닥 바람에도 흔들리는 구절초 꽃대
풍성한 햇살에 가을이 마르고 있다
계절 왕국의 금화를 가득 안고 붉게 살아나는 고추
오래된 책갈피에서 나온 강렬한 빨강의 현상
저건 분명 추억의 맛일 터

나도 저 지붕 한쪽에 누워 바싹 마르고 싶다
한 해의 설움이나 분노와 원망들

빨랫줄에 매달린 건乾대구처럼 수척해지고 싶다
가만히 골몰하는 가을 지리산에서

# 웅어회무침

단오절 이쪽저쪽 석류꽃 저리 붉으니
낙동강가 고향 언저리 모내기가 한창이겠고
저 꽃 열매로 익을 무렵이면 알곡 추수 한창이겠지
봄물 고인 땅에 밤나무와 뽕나무 심었던
정조대왕 옷소매가 유난히 그립구나
석류꽃 다 떨어지기 전에
뽕나무 오디 다 떨어지기 전에
전화 한 통 넣어야겠네 그 사람

# 화엄경 담다

얼음 강물을 산으로 끌어들이느라
지난겨울 송이 눈이 그리도 쌓였구나
아무도 몰래 싹을 키우느라
희망은 가난하지 않다며 적막을 둘렀구나
달항아리의 마음을 한껏 담아낸 나라
삿된 생각들 감히 어디라고 꾸짖듯이
푸릇푸릇 싫증 나지 않는 연두의 말씀
내 삶이 미분微分을 거듭할지라도
말없이 적분積分을 이어가는 연두의 마음

# 나팔꽃이 필 때까지

오케스트라
예순두 명의 단원들이
장엄하고 웅장한 화음의 꽃을 피울 때
그는 잔뜩 긴장한다
16분 30초의 연주 시간 중
딱 두 번
박자를 놓치지 않기 위해
세상의 모든 생각들을 내려놓는다
예순둘의 호흡과
지휘자의 손끝에
스스로를 올려놓는다
아름다운 존재
심벌즈 연주자

# 놋그릇

설이 가까워지면 어머니
양지바른 담벼락 아래
손 위아래 동서들 모두 모여
볏짚에 기왓장 가루 잔뜩 묻혀
온종일 닦던 놋그릇들
반짝반짝 자식들 미래처럼 빛났지

어느 날 웃돈까지 주며
스테인리스 그릇으로 바꾸고
새댁처럼 웃던 어머니
세월은 흘러
다시 방짜유기를 찾는 사람들
거창 공방에서 망치 소리 들으며
베트남산 커피를 마셨다

# 맴맴

잘 사냐? 아픈 데는 없고? 제수씨는? 애들은?
정유생 닭띠, 동네 친구였던 우식이
물음표 잔뜩 찍힌 문자 받은 지난밤부터
자다 깬 지금까지 매미는 울고 있다
아직도 아물지 않은 상처 더러 있지만
잘 살고 싶다고, 버리고 수긍하고 싶다고
사차산업혁명으로 가자고 두드리지 못했다
맨날 그렇지 뭐, 너도 여여하지?
이건가 싶었는데 여전히 제자리고
저건가 싶었는데 내가 나를 배신하고
아침에 너는 숟가락을 들고 나는 젓가락을 들겠지
몇 권의 글과 말보다
상처와 흔적으로 우리는 사는 걸까 맴맴
또 맴맴

해설

# 『하로동선』의 여름, 거울을 놓고
# 문답해야 할 시점

이 달 균(시인)

## 1. 시인의 불면은 무죄다

2020년 2월, 봉준호 감독의 〈기생충〉이 오스카상 4개 부문을 수상했다. 상상을 뛰어넘는 극 전개, 빈부 격차를 보여주면서도 유머가 살아있는 대사, 노련한 배우들의 호연 등등 분명 수상작으로 손색없지만 여기까지 오는 동안, 절실한 한 때가 있었음을 간과해선 안 된다. 〈프란다스의 개〉는 봉준호의 첫 상업영화 데뷔작이다. 어느 정도 평단의 주목을 끌긴 했지만 흥행에서는 참담한 실패를 맛봤다. 그 쓰라린 실패는 절실함의 극점까지 차올랐으리라. 영화란 상당한 자금이 필요한데 그다음 작품도 실패한다면 영영 일어서지 못할 수도 있기 때문이다. 천만다행으로 〈살인의 추억〉이 500만 관객을 동원하면서 재기에 성공할 수 있었다. 만약 이 영화가 또다시 실패했다면 오늘날의 봉준호를 상상하기는 어렵다. 감독을 비롯하여 그 쓴맛을 함께 맛본 변희봉, 김뢰하 등은 〈살인의 추억〉에서 절치부심하여 극적인 회생에 기여하게 된다.

지금 나의 경우는 어떤가? 지난해『탑, 선 채로 천년을 살면 무엇이 보일까』를 펴내고 나서 거의 시를 쓰지 못했다. 조금 지쳤던 것이다. 석탑을 주제로 80수 정도의 시조를 쓰다 보니 상상력의 고갈을 느꼈고, 조금 쉰다는 것이 그만 시의 폐업에 이른 것이다. 하지만 곰곰 생각해 보면 지쳤다는 말도, 임무 수행이란 말도 다 핑계에 불과하다. 다시 말하면 절실함을 느끼지 못했다는 것을 고백하지 않을 수 없다. 절실하지 않으면 진정성도 치열함도 다 사라지고 만다.

그렇다면 우리 하로동선 동인들은 어떠한가? 아직 용광로의 치열함을 유지하고 있는가? 시인이기 위해 어떤 자세를 견지하고 있는가? 이 책은 열 편의 신작과 근작시를 담는다. 때가 되었으니 접시에 담기 위한 의무감으로 혹은 그동안의 관록에 따라 기능적으로 쓰고 있진 않은지. 왜 시인이며 어떤 시로 문을 두드려야 하는지. 고통스럽지만 거울을 놓고 문답해야 할 시점에 와 있다. 참여 시인들은 길게는 40년의 시력을 가졌고, 짧게는 10년 미만의 시인도 있다. 자칫 시력은 농익은 관조보다 틀에 찍어내는 기능적 장인匠人에 머물 우려가 있다. 시인은 장인이 아니다. 장인은 노련한 손놀림으로 결과물을 만들어내야 하나 시인은 끝없이 흔들리고 깨어지면서 걸어가야 한다. 그러므로 시인에게 불면은 무죄일 것이다.

## 2. 해체를 넘어 혼돈에 빠진 시를 경계한다

시집보내지 않겠다는 시를 쓰고 나서
시집을 보내지는 않았는데
딸이 시집을 가겠다고 수숫대처럼 비쩍 마른
사내 하나를 데리고 왔습니다.
아내는 배추 전을 부친다고 분주하고
나는 배추 뽑은 밭에 물을 줍니다
흙이 파헤쳐진 상처에 사정없이
물 조리로 물을 뿌립니다
흙물이 옷에 튀었습니다
수숫대처럼 비쩍 마른 사내 같은 바람이
덜컥 멱살을 잡습니다
시집보내지 않겠다고 시를 쓰고 나서
한 번도 시집을 보내지 않았는데
딸을 시집보냈습니다
보낸 것들의 안부가 궁금해
다시 시를 씁니다
아무래도 시집을 다시 보낼 것 같습니다
                    – 김시탁 「시집보냈습니다」

김시탁의 시는 웃음 짓게 하는 얘기가 있어 좋다. 자전적 스토리가 혼자만의 것이면 객관화되지 못한다. 분명 김시탁의 이야기인데 우리 모두의 이야기로 읽힌다면 좋은 시가 아닐까. 너도 모르고 나도 모르는 시들이 너무 많다. 이 땅에 살고, 명색이 수십 년 시를 써 온 내가 읽어낼 수 없는 시를 어떻게 이해해야 하나. 김 시인은 그런 구름을 걷어낸 자연스러움, 외치지 않아도 공감 가는 우리네 삶의 이야기를 담담히 들려준다.

물론 때로는 래퍼처럼 노래하기도 한다. 위 작품이 그렇다. 동어 반복을 적절히 구사하면서 행간을 넓혀간다. 이 시는 동음이의어同音異義語인 '시집'이란 말을 통해 적절히 두 상황을 변주해낸다. 예전에 쓴 시 「시집보내지 않겠습니다」를 의식하고 쓴 것이다. 딸 시집보내는 일과 시집詩集 보내는 일은 전혀 다른 두 얼굴의 닮은꼴이다. 설정은 코믹하나 기실 우리 시대를 관통하는 촌철살인의 현실풍자가 숨어 있다. '시집보내지 않겠다는 시를 쓰고 나서/시집을 보내지는 않았는데', 어느 날 찾아온 '수숫대처럼 비쩍 마른 사내'에게 딸을 시집보내고 나서 시집詩集 보내지 않겠다는 다짐을 수정해야 할 이유가 생겼다.

오늘도 시집은 발송된다. 한 며칠 한눈팔면 누런 봉투 뜯지 않은 우편물들이 차곡차곡 쌓인다. 시집 발송한 시인이 이런 모습을 본다면 가슴 찢어지겠지만 정작 본인인들 그렇지 않던가. 한국의 시인이라면 그럴 개연성은 언제나 있다. 딸 시집보내보니 발송하지 않고 쌓아둔 자신의 시집이 더욱 짠하다. 보내도 문제고 안 보내도 문제라면 다시 보내는 것이 차라리 마음 편할 것이다. '웃프다'라는 신조어가 딱 들어맞는 현실. 웃기지만 슬픈 이 현상은 대한민국에서 실제 벌어지는 장면이다. 시인은 래퍼가 되어 노래한다. '웃픈' 시집에 관한 보고서.

    하루를 급히 마감하려는 어스름 사이에서
    잠깐 주저하는
    빛을
    오랫동안 노을이라 불러 왔지만
    아버지는 북새라고 불렀다

    붉은 새가
    하늘을 모두 물들이고 나서야
    새까맣게 타버린 밤이 재가 되어
    밤새 대지에 내리는 거라고
    그렇게 비옥한 아침이 매일 찾아오는 거라고

    태양이 여든여덟 번 담금질한
    한 톨의 쌀이
    뜨거운 밥으로 오듯이
    아버지도 매일 하루를 마감하면서
    전 생애를 그렇게 재가 되어 내렸었는데

그 비옥한 땅에서 나는,
하루에만 중독된 사람들 속에 섞여서
중독된 사람들 속의 사건들에 밟혀서
나는,

뜨겁게 달아오른 눈시울 닮은 저 북새가
오늘도 떴는데
　　　　　　　　　　　　　　– 이기영 「아버지의 북새」

　한국의 여성 시인들은 어떤 패턴에 갇혀있다. 흡사 그 패턴이 현대적이고 세련된 시라고 생각하는 경향 말이다. 그 일군의 흐름에 편승하다 보면 누구의 시인지, 어떤 체험을 말하는지, 무엇을 얘기하는지를 도무지 알 수 없을 때가 있다. 우리 주변의 시인들 역시 그런 흐름에 발맞추기 위해 안간힘을 쓰는 시인들이 있다. 모더니즘과 포스트모더니즘이라 이름 붙인 시들은 어떻게 다른가. 포스트모더니즘은 모더니즘이 가진 정신의 지적 향유를 지적하면서 지식인과 대중, 즉 계층 간 갈등을 허물기 위해 해체를 통한 융합을 주창하면서 펼친 문화운동이다.

　그렇다면 포스트모더니즘 시는 이런 갈등을 허물고 언어 중심주의 시인과 독자와의 평등한 소통에 성공하였는가. 내가 보기엔 외려 그런 갈등은 더욱 심화되고 해체를 넘어 혼돈에 빠지게 한 부분이 있다고 여겨진다.

왜일까? 그건 계층 간 갈등의 해체보다는 언어의 해체에
더 무게 중심이 쏠린 탓은 아닐까 생각된다. 초현실주의
화가 살바도르 달리는 누가 봐도 전자의 경우에 합당한
결과물을 낸 화가다. 일견 난해한 듯 보이지만, 그 난해
함은 불가해한 것이 아니라 대상을 거꾸로 바라보게 하
여 균형 잡게 하는 참신한 상상력이다. 그러므로 현대회
화를 제대로 이해하지 못하는 독자들도 충분히 공감할
수 있는 화법을 추구한다.

　이기영 시인의 시를 인용하면서 다소 긴 얘기를 펼친
이유는 서정시를 잘 쓸 수 있는 시인이란 생각이 들었기
때문이다. 함께 실은 다른 시들과의 차이를 통해 자신만
의 장점을 드러내고 있다. 대충 읽다 보면 '북새' '아버지'
'비옥한 땅' '쌀' 등 차용한 소재가 농경사회의 것들이기
에 현대성과는 거리가 있어 보인다. 그러나 이 시는 단
아한 서정성에 기반하면서도 결코 현대성을 놓치고 있
지 않다. 우리는 오랫동안 노을(어스름 사이에서/ 잠깐 주
저하는/ 빛)이라고 불러온 것을 아버지는 '북새'라고 불렀
다. 이는 고루하다면 고루한 아버지의 고집인데, 그 고
집을 시에 들고 온 점을 주목해야 한다. 북새는 불그스
름한 서녘 하늘의 모양새를 말하는데 읽기에 따라서는
그 노을을 건너가는 새처럼 읽을 수도 있고, 내일 다시
동녘에서 날아올 새를 기다리는 모습으로 상상되기도
한다. '여든여덟 번 담금질한' 태양이 한 톨의 쌀을 낳듯
이 북새처럼 붉은 아버지의 생애도 그렇게 가슴에 남을

것이다. 흡사 내일 다시 북새가 다시 날아오듯 아버지도 삽짝문을 열고 다시 돌아오기를 기다리는 것이다. 비록 '하루에만 중독된 사람들 속에 섞여서' 밀리듯 살아가지만 가끔은 부녀간의 인연을 생각해 보는 것이다. 이 과정에서 상상의 비약을 경계하는 한편, 언어를 축약하고, 행을 짧고 길게 늘여 음악성을 놓치지 않고 있다. 노을과 아버지를, 북새와 아버지와의 등식으로 치환하면 '윤회'의 울림처럼 크게 다가온다.

목구멍 가득 말을 삼켰지

쇳소리 나는 말들을 삼킨 그 밤, 나는 귀가 아파
잠도 꿈도 설익은 밥알처럼 둥둥 떠다닐 때
너는 세상 어디에도 없는 주파수처럼 잡히지 않았지

밤을 기다리는 불온한 사람아
우리가 결합했던 적이 있었나
반짝, 순간의 불꽃이라 하여도
발화하여 흔적 없이 사라진다 하여도

음극과 양극의 비밀스런 전류는 얼마나 매혹적인가

떠도는 말들을 귀에서 귀로 흘려보낸 검은 밤의 침묵과
어쩔 수 없었다고 외치는 네 붉은 혀의 슬픔

상처를 받고 상처를 깁는 사람들의
방, 불은 켜지지 않거나 꺼지지 않거나
틀어막은 입에서 나오는 신음이거나 길을 잃은
작은 짐승 소리이거나

꺼지지 않는 불을 환히 밝히고 오늘 밤도 건너야 한다면
불가능한 잠을 기다리는 무수한 양떼와 함께
이 밤을 빨간 눈으로 스위치인 하는 건

또 얼마나 황홀한가
                           – 이서린 「불면의 밤에는, 애인아」

　한 시인의 시를 정의하기란 쉽지 않다. 여러 경우의
수가 있고, 시편들마다 강조된 주제가 다르며 다양한 시
어들이 등장하기 때문이다. 그런 상황 속에서도 이서린
시를 관통하는 이미지 중 하나는 에로티시즘이 아닌가
싶다. 짧게 분석해 본 바에 의하면 이 시인의 에로티시
즘은 육감적이거나 탐욕, 맹목적 쾌락, 그로 인한 증오
등의 이미지와는 전혀 다른 위치에서 추구하는 그리움
같은 것이다. 그러므로 그 관능의 대상에 접근하는 정조
는 약간 비애에 젖어 있으며 이미지는 무의식적이고 반
복적으로 나타난다. 유년과 현재에 이르기까지 일관되
게 흐르는 빛깔은 표백된 색채처럼 처연해 보인다. 그것
이 이서린 특유의 미장센이라고 할 수 있다.

오늘 밤도 불면과 혼돈으로 몰아넣는 '불온한 사람'과의 관계를 NS전극이란 은유를 차용한다. 시인은 '음극과 양극'을 대상으로 시화했을 수도 있지만 읽는 이의 자유란 시각에서 바라보면 발화되지 않은 사랑에 관한 보고서로 읽을 수도 있겠다. 그러나 언제나 그 욕망은 일정한 간극을 유지한다. 독자 입장에서는 차라리 합선되어 집을 통째로 태워버리는 사랑의 사단을 기대하지만, 시인은 스스로 거리를 두면서 몇 발자국 뒤로 물러나는 양태를 지속한다. 시인이 바라보는 대상은 '주파수처럼 잡히지 않'는 누구이며 한 번도 결합한 적이 없다. '반짝, 순간의 불꽃'으로 발화하여 사라지는 매혹을 꿈꾸지만 '어쩔 수 없었다'고 한 발 물러선다. 합선되지 않는 두 전극에 관한 이야기인지 그 전극을 빌려와 자신의 합선을 용납하지 않는 것인지 독자에 따라 해석이 달라질 수 있겠다. 혼자 있는, 아니 누군가를 기다리는 어두운 방은 늘 '신음이거나 길을 잃은/ 작은 짐승 소리'처럼 애잔하고 갈증에 사로잡힌 관능의 산물이다. 그 짐승은 '불가능한 잠을 기다리'며 불면에 젖고 있다.

그런 모습은 「그 남자」란 시에서도 나타난다. '마루에서 기타 치며 노래할 때 무릎걸음으로 뒤로 가 기댄 적 있었는데 그의 체온과 등을 통한 목소리에 남몰래 눈물 흘리게 했던' 그 남자와는 끝내 손은커녕 손수건만 한 마음도 전하지 못했다. 그에게 등을 기댄 에로티시즘은 설렘에 떨었지만 너무 어렸을 뿐이다. 다만 따뜻한 체온으

로만, 남자의 냄새로만 간직할 수밖에 없는 이서린의 촉
촉한 에로티시즘에 젖어 본다.


## 3. 시의 품격을 생각한다

소주는 소우주라고 길게 발음해야 한다
그래야 소주의 깊은 향취가 우리의
뇌를 울린다. 목마른 사막의 목구멍을
월아천月牙泉처럼 적신다
소주를 쐬주라고 발음하는 때도 있다
그러나 소주를 쐬주라고 발음할 경우
소주는 어쩐지 풍찬노숙風餐露宿처럼 허허로워
매운 화학조미료의 맛을 풍기고
금방 취기가 올라 목마른 낙타처럼
아침 이슬 같은 물기에 눈망울이 젖는다
그래서 소주는 소우주라고 길게 발음해야 한다
그래야 환갑을 지나 이순耳順에 가 닿은 듯
천리天理를 듣는 귀를 가지게 되고
우주의 별빛을 바랄 수 있는 눈빛을 띠게 된다
그래서 소주는 늘 우리에게 소우주小宇宙
깊은 향취가 우리의 뇌를 맑게 울린다
목마른 사막의 목구멍을
월아천月牙泉처럼 적신다.

― 성선경 「소주에 대하여」

성선경 시인의 시는 일정한 기준에서 벗어나지 않는 장점이 있다. 이는 시창작에 있어 중요한 지적인 '상투성'을 거부하는 데 있다. 어떤 알레고리를 설정해도 뻔한 비유나 눈에 익은 것들을 사용하지 않는다는 것이다. 그렇다고 그의 시가 매우 획기적이거나 낯선 감각에 의지하고 있지는 않다. 그런데도 시적 품격을 유지하는 이유는 무엇인가? 제1차 시의 독자는 시인이다. 그 시인들이 볼 때 생경하지 않으면서도 읽을 만하다고 여기는 것은 바로 언어를 다루는 재능과 대상에 다가가는 시각이 열려 있다는 점이다. 다시 말해 시의 보편성, 그 경계 위에서 진지하게 고민하는 자세를 잃지 않고 있기 때문이다.

이 시도 그런 관점에서 다가설 수 있다. 수주와 소우주, 탁월한 발상이라고 보긴 어렵지만 분명 상투적 발견을 넘어 의미심장한 화두임엔 틀림없다. 굳이 소주를 '소우주라고 길게 발음'하지 않아도 소주는 소우주임이 틀림없다. 하긴 소주라고 짧게 발음하면 약간 메착 없어 보이고 소우주라고 발음하면 주탁에 대한 예의처럼 보이기도 한다. "언제 밥 한번 먹자" 보다는 "언제 소주 한 잔하자"는 말이 더 진정성이 있어 보인다. 전자는 으레 하는 말, 오늘은 별로 같이 있고 싶지 않다는 말처럼 들릴 때가 있지만 후자는 비 오는 날 특별히 떠오르는 이 없으면 그래도 한 번쯤 전화를 걸게 하는 말이다. 그러니 어찌 소주가 소우주가 아닐 것인가. 맑은 첫 잔은 영롱한 소리가 나고, 빈속을 지나가는 짜르르함이 몸속 길을 타고 흐른다. 잊고 있었던 그 길을 지나가며 "여기 이 길을 내가 가고 있소" 하며 말 건네는 그대가 바로 소주다.

월아천은 중국 명사산에 있는 초승달 닮은 오아시스다. 모래사막 한가운데 있는 호수라니. 내 하루의 삶이 팍팍했다면, 모래사막을 지나온 것과 진배없다. 소주가 소우주라면 나의 하루도 작은 일생이리라. 그 모래로 이뤄진 작은 생애를 적시는 소주를 기억한다. 하지만 시인은 쐬주 한잔이라고 발음하지 말아 달라고 말한다. 왜일까? '어쩐지 풍찬노숙風餐露宿처럼 허허로워' '금방 취기가 올라 목마른 낙타처럼/ 아침 이슬 같은 물기에 눈망울이 젖'을 것 같기 때문이다. 소우주라고 발음해 보면 그 말처럼 '천리天理를 듣는 귀를 가지게' 되는 것이다. 이처럼 소주 한잔으로 우리 생을 들여다보는 것은 새 한 마리 날려 천 리 하늘길을 재는 이치이며 섬 하나로 수평선의 바다를 가늠해 보는 이치와 같다. 그러므로 어떤 이에겐 소주 한잔이 생을 구원하는 손길일 수 있고, 긴 여정에 타는 목마름을 적시는 한 병 생수일 수도 있다. 그 물이 월아천이든 찬 샘물이든 상관없다. 원효가 마신 해골물이 돈오돈수의 깨달음이듯 소주 한잔으로 우주를 본다면 그 또한 미타찰彌陀刹로 가는 쪽배가 되지 말란 법 있으랴.

회갑이라고 아들이 사 준 그랜저, 크고 고급스러움에 익숙하지 않아 17평 아파트에서 32평 아파트로 이사 오던 날

처럼 설레기만 한다 차 문을 열고 닫고 타고 내리기를 반
복하고 앞뒤의 반짝반짝한 광택에 얼굴을 들여다본다 천
상 촌놈 면하기 어려운 상이다 그러면 어떠랴 싶어 아내를
태우고 잔치국수 먹으러 간다 백세시대에 겨우 절반 조금
더 산 것을 자랑할 수가 없으니 가늘고 긴 국수라도 먹어
야 하지 않겠나, 젓가락에 국수가락 걸치며 그냥 감사하기
로 한다 시원한 멸치육수에 청양고추가 흥을 돋운다 땀을
흥건하게 흘리며 거하게 둘만의 잔치를 하니 아내는 자식
자랑을 늘어 놓는다 아들 좋아하는 김밥 두 줄 사서 뒷좌
석에 싣고 문을 닫는데 오른손 검지손가락이 다 나오지 않
은 채 문이 닫힌다 체면이고 뭐고 손을 움켜쥐고 데굴데굴
굴렀다 검게 멍든 손가락을 한참 만에 움직여보니 신경이
살아있다 꽃구경에 들떠 있던 아내의 실망하는 눈초리 따
라 병원에 간다 사진을 찍더니 둘째 마디에 금이 갔다고
의사는 핀 박는 수술을 하자고 한다 대답을 하지 않고 손
가락을 꼼지락거렸더니 깁스를 한다 육 주쯤 걸린다면서
한 주 뒤에도 붙지 않으면 수술해야 한다고 겁을 준다 저
녁에 아들과 한 잔하려고 했는데 술이 물 건너가고 있다

— 민창홍 「잔치국수」

민창홍 시인도 1998년 계간 『시의나라』와 2012년 『문
학청춘』으로 등단했으니 시력이 만만찮다. 그래서인지
너스레를 떨며 얘기를 끌어가는 능청이 수준급이다. 호
사다마好事多魔, 홍진비래興盡悲來를 인용하지 않고 그냥
하루의 일상을 통해 '술이 물 건너가고 있'는 상황을 다

소 의도적으로 중언부언하며 지루하지 않게 끌고 간다. 회갑 맞은 나이를 '백세시대에 겨우 절반 조금 더 산 것을 자랑할 수가 없으니 가늘고 긴 국수라도 먹어야 하지 않겠나'며 짐짓 말하는 본새가 그러하다. 백세시대라지만 회갑이면 많다면 많은 나이이고, 또 나이 든 분들이 보면 아직 젊은 나이이기에 국수가락으로 은근히 나이를 말하는 요령이 재미있다. 시인이 굳이 예언자일 필요도 없고, 학자일 필요도 없다. 언어를 주물고 버무리면서 쌈박한 그릇 하나를 구워낸다면 성공한 시인이 아닌가.

이 시대에 아들에게 그랜저 얻어 타면 어찌 설레지 않을 것인가. 아직도 부모 품 안에서 삼시 세 끼 얻어먹는 캥거루족이 많은데 이보다 성공한 가장이 어디 있을까. 민창홍 시인은 그 자랑을 이렇게 은근슬쩍, 전혀 부담주지 않고 그려내고 있다. 아들 잘 둔 덕에 먹는 국수는 얼마나 융숭하던가. 일어나면서 아들 좋아하는 김밥도 샀으니 이제 꽃구경 가자고 문을 닫는데, 이런, 어쩌나 검지가 문에 끼었다. 꽃구경은 글렀고, 손마디에 핀을 박았다. '술이 물 건너가'는 날의 풍경이다. 시인은 근사하게 고사를 인용하지 않고, 그날의 상황을 담담히 말하면서 진중한 삶의 교훈을 전한다. 이야기와 유머가 살아있는 흔치 않은 시다.

## 4. 견성見性에 이르는 길

고요하고 쓸쓸한 시간을 건너기에는
무념무상 무문관이 최상의 수련이다

갈등과 분노를 넘어 견성의 경지에서
마침내 사자후를 터트리기까지
용맹정진이다

제각각 따로 인 것들
보리심으로 품어
고소하고 차진 하루 치 안식 지어내는
저 하화중생의 공력

              – 김일태「압력밥솥」

나를 가둬라. 유무有無의 분별을 넘어선 절대적 '무無'
란 무엇인가. 중생이 어찌 선문禪門의 최종에 이르는 길
을 알겠는가. 나는 득도의 주변을 맴돌지만 정작 압력밥
솥은 매일 그 종지宗旨에 이르곤 한다. 참 갸륵한 발견이
아닌가. 어느 날 시인은 밥솥을 보고 있었다. 왜 그것을
보았겠는가? 견성을 위해? 아니다. 밥의 완성을 위해서
다. 하긴 허기지면 생각이 단순해진다. 허기를 달래는
것도 수행의 하나일 법도 하다. 밥솥은 용맹정진하여 마
침내 견성의 경지에서 사자후를 터트린다. 쌀이며 잡곡
이며, 물과 화력이 만나 지어내는 '하화중생의 공력'을

본다. 상구보리하화중생上求菩提下化衆生. 진정한 불자가
아니고서는 위로는 보리를 추구하고 아래로는 중생을
교화하는 대승 보살菩薩의 수행정진에 이를 수는 없다.
하지만 압력밥솥은 온갖 '갈등과 분노를' 가둔 채 전혀
다른 세상의 것으로 치환시켜 준다. 그것도 생을 지탱시
키는 일용할 양식의 고결함으로 지어낸다. 그렇다. 나를
가두지 않고 어찌 견성에 이르겠는가?

김일태 시의 면모는 이렇게 변해간다. 결국 시인의 모
습인데, 흡사 수행자 같은 느낌이다. 「동지冬至, 동지同志」
란 시도 이와 유사하다. '뭉쳐 가고 있다는 것은/ 실은
서로 외롭다는 몸짓 아니겠는가?/ 신이 등 쪽에 가려워
도 손이 닿지 않는 곳 두었듯이/ 사랑을 위해/ 제 마음으
로 달랠 수 없는 빈 데를 두었다는 것/ 서로 마음 빌려야
메꿀 수 있는 데가 있다는 것/ 그것은 축복이 아니겠는
가?' 등이 가려울 때 긁어 줄 누군가가 있다는 것은 축복
이다. 두어 뼘 그 지척의 거리는 절대의 거리처럼 요원
하다. 손닿지 않는 곳의 손길은 '서로 마음 빌려야 메꿀
수 있는' 동지同志가 있어야 가능하다. 압력밥솥과 등 가
려움 등의 사소한 것들을 소재로 하여 문득 만나고 싶은
불교적 선을 불러오는 시적 상상력이라니. 김일태의 '보
리심'에 방점을 찍어본다.

햇빛이 물 위에 정처 없이 반짝인다
진정 물과 합일치 못하니

물속의 물고기 비늘과 만나지 못한다
애절한 안타까움이 물비늘을 만들고
물이랑 사이에 서로를 접어 넣는다
무지몽매의 세상에 저 홀로 출렁이며
볼 수 없는 뜨거움을 거두어
돌아서는 등과 손을 어찌지 못하는
저것이 무재칠시無財七施 아닐까
병아리 발목에 햇살이 논다
어렵고 힘든 삶이 모이면
가난조차 풍요롭게 만든다면서
무심코 넘겨버린 밋밋한 인연들
산등성이엔 분명 지장보살이 계실 것이다
— 이월춘 「맑고 각별한 가난」

　시력 40년이 넘은 이월춘 시인의 시는 이제 치열을 지
나 여유와 관조, 단순화된 시법으로 열어간다. 가난이
뭐 그리 특별하여 맑고 각별해 질 수 있을까. 우리 중생
의 마음으로야 아니겠지만 지장보살의 터전에서는 그럴
수도 있으리라. 엊그제 만난 이를 내일 문상갈 수도 있
는 것이 우리네 인생이라면 허욕은 강물에 던져버려야
한다. 삶의 철학을 말하지만 시는 맑고 가볍게 다가온
다. 시인은 물비늘에 반짝이는 윤슬을 합일보다는 갈등
의 결과라 생각한다. 하지만 '뜨거움을 거두어/ 돌아서
는 등과 손을' 잡아주는 이도 있다. 중간 부분에서 만난
'병아리 발목에 햇살이' 노는 광경은 중요한 포인트로 읽

을 수 있다. 낮은 눈높이를 갖지 못하면 쓰지 못할 구절이다. 세상을 동심의 눈으로 볼 수 있다면 이해하지 못할 것이 어디 있겠는가.

이 시의 주제어로 보이는 무재칠시無財七施는 가히 부처님 말씀다운 가르침이다. 아무리 가진 것 없어도 무재칠시無財七施한 삶을 산다면 베풀 수 있는 것은 많다. 이를테면 ①화안시和顏施(남을 대할 때 미소微笑로 대할 것), ②언시言施(좋은 말로써 대할 것), ③심시心施(마음의 문을 열고 대할 것), ④안시眼施(사랑의 눈으로 대할 것), ⑤신시身施(몸으로 남에게 베풀 것), ⑥좌시坐視(어디서건 자리를 내주어 베풀 것), ⑦찰시察施(묻지 않고 마음을 헤아려 줄 것), 이 일곱 가지를 실천한다면 갖지 않아도 다 가진 이가 된다. 이 정도라면 오욕칠정을 버려야 가능하다.

이 부처님 말씀과 생텍쥐페리의 『어린왕자』는 절묘하게 오버랩된다. 일곱 행성에서 어린 왕자가 만난 모순과 질문이 그것이다. 지구별에 오기 전에 만난 여섯의 모순은 이렇다. ①백성이 한 명도 없는 나라의 임금, ②아무도 봐주지 않는데 허영을 부리는 허영꾼, ③술 마시는 자신의 모습이 부끄러워 술 마신다는 술꾼, ④목적 없이 돈만 세는 상인, ⑤아무런 목적 없이 명령에만 무조건 복종하는 점등인, ⑥지식은 많았지만 한 발짝도 밖에 나가본 적 없는 지식인 등이었다. 그리고 마침내 일곱 번째 행성인 지구에서 만난 많은 장미. "이 지구엔 장미가 왜 이리 많을까?" 두고 온 나의 별에 핀 장미가 유일한

줄 알았는데, 그래서 진정 가치 있다고 여겼는데, 이곳
엔 왜 장미가 많지? 여우는 말한다. "장미가 참으로 가
치 있는 것은 희소성 때문이 아니라 서로에게 길들여지
는 관계를 맺고 있기 때문이다"라고. 관계를 맺은 대상
에게는 책임을 져야 한다는 것을 깨닫고는 자기 별로 떠
나기로 결심한다. 그렇다. 가치를 새롭게 발견한다면 가
난도 맑고 각별한 무엇으로 치환될 수 있겠다. '병아리
발목에 햇살이 논다'는 한 행을 통해 이런 상상에 이르게
한다면 좋은 시가 아닐까.

## 5. 새로워지고 싶다면 신인을 주목하라

일찍이 시인 정현종은 「방문객」이란 시를 통해 이렇게
노래했다. "사람이 온다는 건 실은 어마어마한 일이다/
그는/ 그의 과거와 현재와/ 그리고/ 그의 미래와 함께
오기 때문이다/ 한 사람의 일생이 오기 때문이다"
한 새로운 시인이 왔다. 그 등장에 마음이 설레는 이
유는 여러 가지다. 그가 만난 수많은 인연, 그가 읽은 한
트럭의 책, 쌓이고 갖춰진 품성, 시인다운 열정과 비판
의식 등을 떼메고 오기 때문이다. 이강휘 시인은 1981년
이며 33세인 2014년에 『문학청춘』으로 등단했다. 지역
에서 30대 시인을 만난다는 것은 참 귀한 일이 되었다.
이월춘은 우리 나이로 서른 하나(1986년)에, 나는 서른

둘(1987년)에 첫 시집을 냈다. 그때는 그것도 늦었다고 생각했다. 스물 약관에 습작을 시작하고, 서른 입지 무렵에 문인의 길에 드는 수순이 자연스럽다고 여겼는데 요즘은 정년을 지냈거나 자식들 출가시키고 난 후 여기로 문단생활을 한다. 백세시대이니 이 또한 장점이 있겠지만 청춘의 열정과 방황 끝에 얻어지는 에스프리를 장착하기엔 한계가 있다. 우리는 왜 젊은 시인을 기다리는가. 오래 기성문단에 몸담다 보면 관계에 익숙해 져서 할 말을 제대로 못 할 때가 있고, 지향점 또한 한 방향의 소실점을 향해 있는 경우가 있다. 거기에다 자신이 걸어온 습관의 매너리즘에 빠져 파격과 실험을 게을리할 수 있다. 나의 샘에 다른 물을 길어와 또 다른 샘으로 만들어 가기 위해서는 젊은 정신의 수혈이 반드시 필요하기 때문이다.

아빠와 엄마와 아이가 따로 살아요. 주말에는 같이 모여요. 그리고 일요일이면 헤어져요. 아빠는 일이 바빠요. 그래서 항상 퇴근이 늦어요. 엄마는 운전이 서툴러요. 그래서 해가 지면 운전을 못 해요. 아이는 이별이 낯설어요. 그래서 항상 일요일 저녁이 되면 울어요.

1. 위 상황에 대한 판단으로 적절한 것은?
① 아빠가 일을 그만둔다.
② 엄마가 운전을 연습한다.

③ 아이가 이별이 익숙해진다.

우리는 ③을 선택했고 그 덕에
아이는 이별을 강요받았다.
우리는 눈물에 익숙해졌다.

아이가 자라는 만큼 익숙해진 눈물의 무게가
점점 무거워진다.

　　　　　　　　　　　　　　– 이강휘 「직업병」

　이강휘 시인의 시를 읽는다. 역시 30대 시인의 상상
력은 새롭다. 이 시는 두 가지 특징을 나타낸다. 하나는
흔히 볼 수 있는 주말부부의 가정에 관한 문제점이고,
다른 하나는 수능처럼 너무나 보편화된 선다형 물음을
시 속에 차용한 것이다. 전자는 내용의 것이고 후자는
형식의 것이지만 굳이 형식과 내용을 따로 떼어 놓을 이
유는 없다. 선다형 물음 자체가 시대를 절묘하게 풍자하
고 있기 때문이다. 세 항목 중 정답이야 있겠냐만 우린
언제나 모범답안을 강요받기에 선택하지 않으면 안 된
다. 그래서 이 가정에서는 답으로 ③을 선택한다. ①은
일용할 양식을 위해 직업을 그만둘 수 없는 현실이고,
②운전은 현대인의 필수이기에 그렇고, ③은 늘 반복되
는 일상이며 눈에 띄는 손실이 없기에 선택된 것이다.
이런 아이러니가 우릴 지배한다. 기실 인간사에서 가장

지켜야 할 덕목이 이별보다는 만남인데 이를 알면서도 어쩔 수 없이 ③을 선택해야 하는 현실이 가슴 아플 뿐이다. 시인은 이런 사실을 너절하게, 혹은 감정을 섞지 않고 세 항목의 선다형을 취함으로써 일목요연하게 세태를 비판하고 있다. 그것도 아주 경쾌한 보법으로.

개구리 씨는 오늘도 교실에 들어가
정성스레 설계한 수업에 쓸 학습지를 나눠준다.
모든 아이들이 학습지에 적힌 글을 읽고 글자를 쓰리라 생각했지만
대부분은 학습지로 열심히 종이를 접으며
그의 기대에 구멍을 내고 있었다.
그게 몹시 못마땅한 개구리 씨
한바탕 신나게 열을 내고 있는데.

저 멀리 펼쳐진 바다에서 종이배 한 척이 파도를 부수며 내달리고
그 위로 종이비행기 한 대는 굉음을 내며 창공을 가로지르고 그 사이로
낚아챈 개구리를 입에 문 종이학 한 마리
우아한 날갯짓으로 다가와
유유히 교실 창가에 앉는다.

학의 입에 물려 버둥거리는 개구리에
시선을 빼앗겨 버린 개구리 씨는

남은 학습지를 내던지고
학을 피해 우물 속으로 들어간다.
그리고는 그 입에 물려있던 개구리를 생각하며
섣불리 우물 밖으로 나오는 것에 대한 위험과
재빠른 자신의 처신에 대해 만족하며
안으로 안으로
우물 속으로 들어간다.

- 이강휘 「개구리 씨의 수업」

　어느 선생님('개구리 씨')의 수업시간이다. 그는 노련한 교사이지만 학생들은 그보다 한술 더 뜬다. 먼저 화내면 지는 것인데 어쩔 수 없이 그는 지고 있다. 둘째 연에서는 그런 교실의 광경이 시적으로 비약한다. 학생들이 접은 학습지는 종이배가 되어 바다를 내달리고, 하늘로 날린 종이비행기는 창공을 날고 있다. 잘 접힌 종이학은 개구리를 입에 물고 '유유히 교실 창가에 앉'아 곤란에 빠진 개구리 씨를 바라본다. 다시 교사는 '학을 피해 우물 속으로 들어간다.' 개구리 씨는 학이 문 개구리와 동일시되면서 '재빠른 자신의 처신에 대해 만족하며' 안도한다. 희화화된 교실 풍속도는 웃고 넘어가기엔 너무 슬픈 광경이다. 사랑의 매는 없어진 지 오래고, 선생님의 카리스마 또한 사라진 지 오래되었다. 무너진 교권에 관한 이야기를 나직나직 그려가는 모습이 잘 갖춰진 시인이란 생각이 든다.

『하로동선 5집』의 시인들은 고착화되지 않고 나름의 세계를 열어가고 있다. 근작 포함 신작 10편은 그리 쉬운 작업이 아니다. 여전히 시로써 영상시대를 건너는 일은 힘겹다. 피하지 못한다면 즐겨야 한다. 동인들은 이런 고통을 즐길 준비가 되어 있다. '코로나19'는 인간사의 패러다임을 변화시키겠지만 더 변화될 무엇도 없는 시작詩作 의욕을 꺾진 못한다. 경자년庚子年의 상반기는 이렇게 흘러간다. 그 세월 속에서 또 한 권의 흔적을 남긴다.